小学館文庫

大阪マダム、後宮妃になる！

最終回の逆転満塁本塁打

田井ノエル

小学館

Osaka Madame Kokyu-hi ni naru

目次

三者凡退

大阪マダム、待つ! 6

出塁

大阪マダム、神を欲する! 17

送りバント

大阪マダム、崇められる! 77

攻守交代

大阪マダム、やっぱりお節介! 135

逆転サヨナラ

大阪マダム、春の陣! 188

満塁本塁打

大阪マダム、旅立ちの日に! 249

凱旋

大阪マダム、永遠に! 292

大阪マダム、後宮妃になる!

最終回の逆転満塁本塁打

登場人物

大阪マダム、後宮妃になる！
最終回の逆転満塁本塁打
Osaka Madame Kokyu-hi ni naru
CHARACTERS

天明（亮）(てんめい（りょう）)
凰朔国の皇帝。

午颯馬(さくそうま)
天明の腹心の部下。

最黎(さいれい)
天明の兄。故人。

典嶺(てんれい)
凰朔国の前帝。
故人。

秀蘭(しゅうらん)
凰朔国の皇太后。
天明の実母。

遼博宇(りょうはくう)
天明と対立する貴族の筆頭。

遼紫耀(りょうしよう)
遼家の養子。前帝の子。

鴻柳嗣(こうりゅうし)
蓮華の父。礼部尚書。

李舜巴(りしゅんは)
礼部尚書の侍郎。

劉清藍(りゅうせいらん)
禁軍総帥。劉貴妃の兄。

正一品

鴻蓮華（鴻徳妃）
豪商の令嬢。前世の記憶を持つ。

陳夏雪（陳賢妃）
大貴族の令嬢。

劉天藍（劉貴妃）
将軍の家系・劉家の娘。

王仙仙（王淑妃）
新興勢力・王家の娘。

朱燐
蓮華の侍女。

陽珊
蓮華の侍女。

傑
王仙仙の侍女。

齊玉玲
前帝の貴妃。最黎の実母。

白璃璃
玉玲の従者。

三者凡退　大阪マダム、待つ！

「帰ってきてほしい男性？　そりゃあ、バースですわ」

頭が真っ白だった。

鴻蓮華(こうれんか)は、間近まで迫ってきた男の身体(からだ)を両手で押しながら、フッと浮かんだ言葉を口にする。

目の前の男性は怪訝(けげん)そうな顔で、蓮華を見おろすばかりだ。

「馬阿巣(ばあす)？」

「阪神ファン舐(な)めんといて。忘れさすとかそういうの、バックスクリーンに特大アーチのホームラン打ち込んでから言うんやで。バースさえ帰ってきたら、全部上手(うま)いこといくんや。うちら、何年待ってると思ってん」

ますます不思議そうな顔をされている。蓮華自身も、なにを言っているのかわからない。そばにいる陽珊(ようさん)だけが、「蓮華様ったら……」と、深いため息をついていた。

この段階になって、蓮華は自らの状況を思い出し、ハッと我に返った。

鴻蓮華には前世の記憶がある。

日本という国の大阪で生まれ育ち、道頓堀に落ちて死んだという短い人生だ。居酒屋たこ焼きチェーン店の雇われ店長で……生粋の大阪人であるオカンに女手一つで育てられ、強くたくましい大阪マダムを目指していた。

一九八五年、阪神タイガースは念願の優勝を果たしている。最も貢献した男の名は、ランディ・バース。伝説の助っ人外国人だ。大阪のオカンは、そのポスターを指さして、「お父ちゃんやで」と、よく言っていた。もちろん、物のわかる年齢になったら、蓮華も「そんなアホなことあるかい！」と、返すようになっていたが、子守歌代わりに聞かされ続けたバースの武勇伝は、頭に染みついている。

このような幼少期のおかげか、前世の蓮華はすっかりコテコテの大阪人に育っていた。もちろん、阪神ファンである。

そして令和某年、阪神タイガース悲願の日本一を果たした瞬間、悲劇は起こった。戎橋に集まった群衆の悪ふざけで、カーネル・サンダース人形が道頓堀に投げ入れられそうになったのだ。

阪神タイガースは長年、暗黒時代を送っていた。一九八五年の優勝で、道頓堀に投げ入れられたカーネル・サンダース人形が球団を呪っている。そんな噂が真しやかに囁かれていたのだ。人形が引きあげられたことで呪いは解けたとも言われていたが……再び人形が道頓堀に沈めば、今度はなにが起こるかわかったものではない。

どんだけ、この瞬間を待ったと思ってんねん。リーグ優勝したのに、三三-四……なんでや、阪神関係ないやろ……シーズン序盤からバチバチに飛ばしまくって、「Vやねん！」と、浮かれていたら、失速。今度こそはと、はしゃいで「アカン。阪神優勝してまう！」と浮き足立っているところに、失速。歴史に裏打ちされた失速のトラウマが深すぎて、いよいよ優勝確実に迫った段階になっても信じ切れず、「アレする」とかなんとか言って直接表現を避けていたほどだ。

そして、ようやく……ようやく……悲願の優勝を果たしたというのに！　目の前のカーネル・サンダースがすべてを台無しにしようとしていたのだ。

前世の蓮華は、身体を張ってカーネル・サンダースの水没を阻止した。阪神タイガースのため、いいや、大阪のために……そして、道頓堀に落ちて溺れ死んだ蓮華は、この凰朔(おうさく)国に転生してしまう。

鴻蓮華は、豪商鴻家の令嬢。病気がちで大人しい娘だったが、十四歳の時分、突然の高熱をきっかけに前世の記憶を取り戻した。人が変わった蓮華を見て、鴻家の父は「その調子で後宮へ入り、主上の御心(みこころ)を射止めてこい！」とかなんとか命じ、あろうことか、蓮華を後宮に入れてしまったのだ。

と言っても、前世で男の気配どころか恋愛経験もゼロの蓮華に、マトモな後宮生活が送れるはずもなく。後宮内で商売をしたり、みんなで野球をやったり、漫才の舞台興行をしたり……勝手気ままに生きていた。

そう。楽しい生活だ。蓮華の暮らしは充実していた。

壊したのは――目の前にいる男である。

キリリと怜悧(れいり)な目元がクールで、メリハリのある華やかな顔立ちはイケメンにも見えるが、感情がイマイチつかみにくい。蓮華はこの青年を前にするのが、すこぶる苦手であった。

遼紫耀(りょうしよう)と名乗っていたけれど、本当の名は哉鳴(さいめい)。前帝の子でありながら、生存を隠され、遼家の養子として育てられていた皇子だ。

哉鳴は皇帝である天明(てんめい)を都から追い落としてしまった。正式な即位はまだのようだが、実質、皇帝の権力を手にしている。

蓮華は天明の後宮に入っていたのに、哉鳴は「自分の妃(きさき)となれ」と迫っていた。

蓮華が待つ男は、帰ってこない――つまり、天明は都へ帰れない。哉鳴は、蓮華にそう囁いているところだった。

天明の妃として地下牢(ちかろう)に囚(とら)われていた蓮華を、わざわざ絢爛豪華(けんらんごうか)な部屋に移し、綺麗(きれい)な服を着せて……贅沢(ぜいたく)に絹を使用した窗帘(カーテン)も、お洒落(しゃれ)な紗灯籠(しゃとうろう)も、全部、蓮華のために用意されたものだ。

しかしながら、蓮華は混乱していた。男性経験がなさすぎて、至近距離に詰め寄られると頭が真っ白になってしまったのだ。

その結果、返した言葉が、バースである。どう考えても、おかしい。文脈的にも、状況的にも、バースであるはずがない。

「あー……いや、バースっちゅうんは……って、べつに解説せんでええわ！」

蓮華は呆気にとられて固まっている哉鳴の手を振り払った。

「うちは、主上さんを信じとる。アンタの妃になんて、ならへん！」

蓮華は気丈に言い切った。もちろん、バースの再来も信じている。

本当なら、蓮華はこんなに強い態度がとれる立場ではない。今の蓮華は囚われの身で、哉鳴に命をにぎられているのだから。

天明は哉鳴によって玉座を追われた。その妃である蓮華は、殺されてもおかしくない。しかも、人々を守るために、自分は正妃であると言い張っている。命が許されているのは、侍女の陽珊が機転を利かせて、蓮華が天明の子を身籠もっていると嘘をついたおかげだった。

拒める立場ではないのだが……蓮華は哉鳴のやり方が気に入らない。そもそも、天明の子を妊娠したと言っているのに、蓮華を自分の妃にしようとするなど、受け入れられるわけがない。

「面白くありませんね」

蓮華の返答に、哉鳴は短く返す。もちろん、バースのボケがおもろないという話ではない。

さっきもそうだった。哉鳴は、天明を「主上」と呼ぶと露骨に態度を変える。帝位簒奪(さんだつ)を企(くわだ)てたのだから、当然かもしれないが、それだけではないような響きも含まれていた。気のせいだろうか。

「本日はあいさつだけにします」

哉鳴は、ようやく蓮華から離れながら微笑(ほほえ)んだ。笑うと、彼の母親である齊玉玲(さいぎょくれい)と面影が重なるものの、心からの表情には思えず、蓮華の警戒心は増した。どうも、白々しくて薄ら寒い。いけ好かない男である。

哉鳴が去るまで、一秒も気が抜けなかった。

「では」

ゆったりと、余裕のある動作で哉鳴は部屋を出ていく。蓮華は息をするのも忘れて、哉鳴の背を睨(にら)みつけた。

「はあ……」

彼の姿が扉の向こうへ消えると、途端に身体が重くなる。びっしょりと汗が流れ、蓮華はへなへなと床に崩れ落ちていった。

「蓮華様、大丈夫ですか」

「陽珊……ありがとな」

心配させまいと、蓮華は陽珊に笑いかけた。だが、ぎこちなかったせいで、陽珊の表情は晴れなかった。

哉鳴はなにを考えているのだろう。

彼を養育した遼博宇は、病死したと言っていた。真偽は不明だが、そういうことになっているらしい。

改めて、蓮華の背筋に悪寒が走る。ぞくぞくと肌が粟立ち、しばらく立てそうになかった。

哉鳴が去ってから、どのくらい時間が経ったのだろう。蓮華にとっては長い時間に思えたが、実際はもっと短かったのかもしれない。

「鴻蓮華様」

女官たちが入室する。

「お食事の準備をします」

蓮華が返事をしていないのに、女官たちはテキパキと動く。こちらの意思など、まるでお構いなしだ。呆然とする蓮華の前に、料理を並べはじめる。

凰朔の料理だ。どれも豪華で食べ応えがあって、美味しそうだった。地下牢では満足な量を食べられなかったので、久々のマトモな食事である。

しかし、不思議と食欲がわかない。身体が拒否反応を示して、こんなものを食べてまで生きたいと思えなかった。

なにもかも、哉嗚ににぎられている。蓮華に自由はなく、彼の気まぐれで生かされているに過ぎない。そう、強く感じさせられてしまう。

「蓮華様……」

食卓に座らされた蓮華を、陽珊が心配そうに見ていた。

だが、陽珊はおもむろに、料理を小皿に取りわける。そして、硬い表情のまま口へと運んだ。

「毒は入っておりません。こちらの皿は安全です」

一皿一皿、検品するように陽珊は毒味していく。その様を、蓮華はぼんやりとながめていた。

敵の用意した食事だ。

けれども、食べなければ死ぬ。

毒味をしながら、陽珊は蓮華に「食べてください」と言っていると悟った。

「いただきます……」

蓮華は気が進まないながらも、箸をとる……が、いったん置く。こちらを監視している女官たちを睨みつけながら、蒸籠（せいろう）の包子（パオズ）を敢（あ）えて手づかみした。

蒸した生地に、野菜が詰め込まれた包子は冷めている。

「……甘くて弾力のある豚まんのほうが、好みや。生地もベチャッとしとるし……うちが作ったほうが、絶対ええわ」

どうしても、食べ慣れた大阪の豚まんと比べてしまう。芙蓉殿（ふようでん）のみんなと苦労しながら研究して、ようやく再現できた自信作だ。もう少しで商品化だったのに、政変でそれどころではなくなってしまった。

行儀が悪いのは百も承知で、蓮華は鶏腿肉（とりももにく）の煮込みも手で食べる。こんな食べ方をすれば、いつもは陽珊にたしなめられるけれども、なにも言われない。陽珊も、黙々と毒味という名目で料理を胃に流し込んでいた。

お好み焼きが食べたい。たこ焼きが食べたい。串揚げが食べたい。欲求と一緒に、蓮華は大して美味しくもない豪華な料理を掻（か）き込んでいく。

負けへんで。

いつの間にか、悔し涙が浮かんでくるが、蓮華は歯を食いしばる。綺麗な衣も、豪華な料理も、鮮やかな部屋も、すべてが屈辱だ。

絶対に大丈夫。なんとかなる。今は機会をうかがっとるだけや。

ふと、窓の外に視線を移した。

いつの間にか、季節は冬になろうとしている。乾いた空には、雲一つ浮かんでおらず、皮肉なほど澄み渡っていた。

この空の下に……主上さんもおる。

今、どこでなにをしているのだろう。

天翔祭（てんしょうさい）の夜以来、顔を見ていない。生きているという情報だけは哉鳴から聞いた。

待っていれば、蓮華を救い出してくれるなんてロマンチックな期待はしていない。

どこかで元気にしていれば、それだけで充分だ。

主上さん。

どないしてますか……?

❀　❀　❀

雲一つない空は、どこまでも澄み切っていた。

この広い凰朔を覆う空を、都にいる蓮華も見あげているだろうか。

遥（はる）かまで続く青空をながめて、天明は額に滲（にじ）む汗を拭う。山地を流れる風は冷たく肌に刺さるが、身体を動かしていると、不思議と心地よかった。

上空を飛ぶ鷹(たか)の声が遠い。

天明は浅く息を吐き、深く吸い込む。思考が凪(な)ぎ、集中力があがっていくのがわかった。にぎりしめた棒の感触が、そろそろ手に馴染(なじ)んできた頃合いだ。

「行(ゆ)くぞ」

機を計ったように、前方から物体が放たれる。

天明は瞬(まばた)きもせず、それを注視した。

そして、跋杜(ばっと)と呼ばれる棒を両手で大きくふる。

跋杜が風を切ってうなりをあげた。腕の力だけでは球を打ち返せぬと理解し、腰から膝も柔軟に使っていく。観(み)ているよりも、実際に行うほうが何倍も難しい競技であると、改めて認識させられた。

天明は野球をしている。

遊びではない。これも梅安(ばいあん)奪還のため。そして、哉鳴を打ち砕き、蓮華を取り戻すために必要な神事だ。

なぜ、このようなことになっているのだろう。

天明は、これまでの出来事をふり返った――。

出塁　大阪マダム、神を欲する！

一

天明たちが延州に入ったのは、秋の暮れであった。

険しい山々に囲まれ、大河が流れる土地。凰朔国でありながら、事実上、王家の独立支配が続く地だ。長年、王家は中央の政に関わらず、皇族とも距離を置いてきた。

記録によると、凰朔の高祖は、延州を頻繁に訪れていたらしい。しかし、なにをしていたのか記述はなく、次第に延州と皇族の距離は開いていった。

延州に皇帝が入るのは、いつ以来であろう。

天明を、まだ皇帝と呼べるのであれば、だが。

騒乱の最中、清藍が持ち出してくれた天龍の剣は、帝位の証。これが手元にあることだけが、天明がまだ皇帝であることを証明している。

あきらめるのは、早い。

「主上、この山を越えれば街が見えるそうです」

山道を歩く天明に、乍颯馬が説明する。

旅人を装っているため、着物は地味だ。長い旅路のため薄汚れており、貧民街で出会ったころの彼を思い出す姿であった。もっとも、今の天明の格好も大差ない。

先頭を行くのは、傑である。後宮の侍女として勤めていたが、元は猟師の娘らしい。山道に強く、腕にも覚えがあった。

続いているのは、王仙仙。傑の主であり、後宮の淑妃だった。王家との繋がりを強化するには、重要な女性である。

後方を歩くのが劉清藍だ。劉家は凰朔軍事の要として、長年、禁軍を支えてきた名家。彼の部下も数人、天明たちの旅に同行していた。

これから、延州を訪ねる。都を追われた天明は、反撃のため態勢を整えねばならない。それには王家の力が必要であった。

中央の政に関わっていた貴族の多くは、哉鳴の側についている。天明側の貴族は捕らえられるか、監視下に置かれており、中立を保つ者たちは身動きがとれずにいる状態だ。梅安から離れた地で準備を進めなければならなかった。

勢力を集め、挙兵する。

玉座の奪還には、戦いは避けられない。

幸い、延州は山に囲まれた土地で、これからはじまる冬に、攻め入ってくる馬鹿はいない。時間は充分に稼げる。

「主上、見えてまいりました」

険しい山道を越えると、平地が見おろせた。

山々に囲まれた盆地を大河が流れている。小高い丘を中心に発展した都市が、西界だ。翡翠の採掘量が多く、西との異文化交流で栄えている。同時に、天然の要塞でもあった。

「まずは王家の城へまいりましょう」

西界を示し、仙仙が言う。

「ああ」

天明は景色を見おろしてうなずく。

今は前進するしかない。

梅安を奪還し、帝位へ返り咲く――これが第一の目的だ。

だが、天明の胸にはべつの想いが占めていた。

蓮華は現在も、梅安に囚われている。どのような扱いを受けているのだろう。ねがわくば、あまり非道なことはしてほしくない。それから、できるだけ粉もんを与えられているといいのだが。適度に野球もさせてやらなければ、いずれ暴れる。商いの環境も整えて……そこまで考えて、天明が普段から、いかに蓮華の好きにさせていたか思い知らされる。

「………」

ふと、先行する傑が足を止める。

「どうしましたか、傑？」

仙仙が不思議そうに問う横で、天明は表情を引き締めた。

「気をつけろ」

最小限の動作で、天明は腰に佩いた剣へと手をかける。清藍や颯馬も警戒していた。

これまで、追手とは何度も交戦している。決して楽な旅路ではなく、手勢も心許ない。しかしながら、玉座にいたときから、命の遣り取りには慣れていた。

緊張した場に、何者かが歩み出る。黒を基調にした装束に身を包んでおり目立たない。戦士というよりは、隠密といった風体だ。

「主上」

仙仙が一言発する。警戒を解いてもいいという意味だ。

天明が剣の柄から手をおろすと、清藍や傑も体勢を緩める。

「お久しぶりにございます、姫様」

現れたのは王家から来た使者のようだ。仙仙に対して、恭しく跪く。次いで、天明にも頭をさげた。

都であれば、真っ先に礼を尽くす相手は皇帝だが、ここは延州だ。味方とはいえ、全面的に天明の意が通るわけではない。

　これより先は政の領域。

延州の兵を得て、春には挙兵する。梅安と帝位を奪還し、哉鳴を追い落とす――否、蓮華を助け出すのだ。

　天明がやらねばならない。


王家の城は、まさしく要塞であった。

さすが、辺境で異民族の侵攻を防ぐ軍事拠点。

当主、王善治(ぜんち)は謁見の間にて、天明たちを待っていた。武人然とした無骨な見目は、都の貴人たちとは雰囲気がちがう。別種の緊張感が漂っており、自然とこちらの身体が強張(こわば)った。

が、圧倒されるわけにはいかぬ。

　整然と並んだ延州の兵たちに監視されながら、天明は善治の前に立った。すぐうしろに、仙仙と清藍が続く。

「久方ぶりですな、主上。よくお越しくださった。長旅、さぞご苦労されたでしょう」

善治は表情をわずかに緩めた。しかしながら、その声音に親愛の色はうかがえない。天明たちを受け入れたものの、歓迎はしていないのだ。最初から予想していたことなので、天明は眉一つ動かさず、相対する善治を見据える。

「気遣い無用。早速、話に入りたい」

天明が短く告げると、善治は好ましいと言わんばかりに唇の端をつりあげた。

「そうこなくては」

善治とは、盟約を結ぶ際にも直接交渉している。回りくどい話を好まない男だ。

「さて、大変なことになりましたなぁ」

さも面白がるような口ぶりだ。同時に、延州とは関係のない他人事として距離を置いている。そもそも、天明の受け入れをどうすべきか考えあぐねているのだろう。

「遼博宇が死んだらしい」

善治は、やや身を乗り出しながら天明に告げた。

逃げるように延州を目指した天明たちが知るよしもない情報だ。

「確かなのか」

「信用できる筋の情報です。病死ということになっている」

「病死、か……」

天明の記憶に残る遼博宇は、天翔祭であいかわらずの狸面を晒しており、とてもそのような状況には見えなかった。

哉嗚の顔が脳裏に浮かぶ。

遼博宇は、哉嗚を甘く見ていたのだ。駒として扱いながら、彼を御し切れていなかった。そういうことだろう。

「それで、主上。これから、どうするおつもりか?」

「挙兵に向けて動きたい」

天明は端的に目的を告げた。

しかし、善治は険しい顔を作る。

「単刀直入に申しましょう。このままでは分が悪い」

遠慮が一切ない。けれども、天明は怯(ひる)まなかった。

「延州は兵を集めるには適しておらぬ。すぐに挙兵となれば、各諸侯との連携が必須」

山々に囲まれた延州では、軍勢を集結させるのは容易ではない。段取りしておいて、梅安への道すがら合流するのがよいだろう。

だが、そのためには軍の頭数(あたまかず)が必要だ。最初に数を味方につけなければ、あとの者は手を貸さない。延州の兵だけでは充分と言えなかった。

「他の勢力を取り込む必要がある、と」

「左様。そうでなければ、この戦は勝てますまい」

皇帝側に属していながら、黙りを決め込む貴族たちは多い。また、中立を保つ者は、利になるほうへつくだろう。

初動を少しでも大きく見せねば……諸侯との交渉をするだけでも、ずいぶんと時間がかかる。冬の間に準備をして、春に挙兵するのは困難だ。

「兵の獲得ができなければ、王家は手を貸せぬ。負け戦とわかっていながら挑む気はない」

善治の口調は明瞭であった。

凰朔に属していると言っても、貴族たちは自分の領地を国だと思っている。皇帝の権限が強いのは直轄領のみに過ぎず、各々の地を治める貴族たちを束ねているだけだ。自分の領地と氏族が生き残るのが最優先である。

善治の主張は正しい。今のままでは、負け戦だ。天明も、この状態で突撃したいと吼えるほど無謀ではなかった。

「中立派との交渉は、一任してください。動いてくれる者がおります」

口を挟んだのは仙仙であった。なにか当てがあるようで、自信に満ちた笑みを浮かべている。善治も、仙仙を信頼しており、「ならば」と応じていた。

「新勢力か……」

中立派との交渉を仙仙が行うなら、天明のすべきことは新勢力の獲得。

延州周辺の領地へ赴くか。それとも、隣国を頼るか。

天明たちが挙兵したいというのは、哉鳴にもわかっているだろう。自ら他領地へ赴けば、捕縛の危険も増す。ここまでの旅路でも、何度襲撃されたことやら。

だからと言って他国を頼れば、寄生の理由を与えてしまう。挙兵のみなら良策と思えるが、政として最善とは言い難い。

天明が考える間、場に沈黙がおりた。

誰もが答えに詰まっている……というわけではない。おそらく、ほとんどの者に答えが見えている。天明も、またその考えに行きついていた。

「彼らは受け入れるだろうか」

天明のつぶやきに、善治は「さあ？」と言いたげに肩を竦（すく）めた。

「主上次第でございます」

試されている。天明は浅く息をつき、部屋の窓から射（さ）し込む光を見あげた。ちょうど、強い西日が山の向こうへと沈んでいくところだ。

ここより、さらに西方。

山岳地に住む部族がいる。山の民とも呼ばれる者どもだ。

王家が延州を治めるまで、凰朔の地を侵そうとしていた異民族である。同じ国の民であるとは括(くく)りがたい存在だ。

敵でも味方でもない、新たな勢力だった。

「必ず」

天明は言い聞かせるようにつぶやいた。

この場にいる者への宣言。否、決意である。

「山の部族を引き入れる。だから、皆もそのつもりで準備を整えてほしい」

天明の返答が気に入ったのか、善治は膝を叩(たた)いて立ちあがった。

「おうともさ。そうこなくては」

善治は天明の傍らへと歩み寄り、豪快に肩を組んだ。都では無作法とされるが、ここは延州だ。王家の当主たる善治が法である。細かいことは言うまい。

「挙兵に至り、見事梅安を奪還した暁には、主上のご活躍を碑に……いいや、廟堂(びょうどう)を建てて永年讃(たた)えましょうぞ」

発想が娘と同じである。

天明の気など知らず、仙仙が同意して満足げにうなずいていた。王家に仕える周囲の者どもも、同様の反応だ。延州では、これが普通なのか……凰朔国でありながら、異国にいるような気分であった。

「さあ、主上。宴ですぞ。延州の食材をお楽しみください」

善治は豪快に笑いながら、天明を別室へと導く。仙仙と清藍も、あとに続いた。

二

善治の用意した宴は豪勢であった。

梅安とは異なる料理を食せる。芋を蒸(ふ)かしただけの皿であっても、味つけが変わっていて飽きないし、新鮮な川魚も豊富で臭みがなく美味(うま)い。普段、天明の口に入る魚や貝は、一度干したものが多いため、純粋に楽しめた。

けれども……どれだけ珍しい食材を並べられても、そこに欲しい味はない。

甘さと刺激を兼ね備えた蘇羽素(そーす)の香り。酸味とまろやかさが絶妙な魔米津(まよねづ)。ふっくらとしているが、香ばしくもある粉もんの生地……どんなに物珍しいものが並んでいても、蓮華の料理はここにない。

彼女は、どこであのような知識を得ているのだろう。妙な訛(なま)りは、凰朔のどの地方にも該当しない。

調べたところ、鴻家は何代も前から凰朔に住んでおり、蓮華自身も、養子にもらわれたわけではないようだ。

蓮華に聞いても、「商売やっとると、外国から来た人らが、いろいろ教えてくれるんですわ」と、はぐらかすばかりだ。けれども、彼女の言動は、他者から一朝一夕で得た知識とも思えなかった。

——正妃にすると決める前に、主上さんに話しておきたいことがあるんです。

蓮華は、天明になにを告げようとした？

結局、聞けず仕舞いだ。

天明の記憶には、能天気な蓮華の笑顔が焼きついている。しかし、同時に泣き喚きながら、天明を引き留める姿も頭を離れなかった。

「あのような顔をさせるつもりはなかったのだがな」

つぶやきながら、酒を舐める。

寝ても覚めても、梅安に残した蓮華のことばかりだ。皇帝として失格である。本来ならば、帝位の奪還を第一に考えなければならない。だのに、天明を突き動かすのは、彼女を助けたいという私的な欲求である。

やはり、俺は皇帝に相応しくない。

だが、蓮華の居場所と笑顔を守るには、皇帝の地位が必要だ。

「主上ーッ！」

酒が入って顔を赤くしながら、清藍が叫んでいた。本人に叫んでいる自覚は一切ないと思うが、とにかく声が大きい。近づくと耳がつぶれそうだ。

梅安を出てから酒を飲む機会がなく、久々の酒宴で気が緩んでいるのだろう。清藍は酒を豪快に呷(あお)りながら、膝を叩く。

「必ずや、梅安へ帰りましょう！」

清藍は言いながら、盃(さかずき)を掲げた。天明は、「何度目だ……」と呆(あき)れながら、清藍につきあってやる。

「必ず……必ず……」

清藍は笑っていたかと思えば、今度は目に涙をためはじめてしまった。喜怒哀楽が目まぐるしくて、相手をする天明が疲れてしまう。

「きっと、彼女は私を待っているはずですから！」

清藍の言う「彼女」が誰なのか、天明には興味がない。いつの間に、恋人を作ったのだろう。

「少し風に当たってくる」

天明は短く息をつき、席を離れた。清藍が泣きながら「主上ー！」と、袍(ほう)服を引っ張るが、無視する。

宴を抜け出し、天明は建物の外へ出た。夜闇に沈む山河を、月が照らし出している。

まるで、詩の光景だ。

「あいつのこと考えてんだろ」

景色をながめる天明に声をかけたのは、傑だった。最初はぎこちない敬語を使用していたが、聞き苦しいので、そのままでよいと許可を出している。

ふり返ると、傑は手に深皿と箸を持っていた。器の中では、茶色の汁に黒い麺が沈んでいる。延州の料理とは異なる趣だ。

天明が皿を見つめるので、傑は前に差し出す。

「気になるかい？　掛け蕎麦（そば）ってんだよ。口直しにどうだい？」

「蕎麦……」

聞き覚えのある単語だった。そういえば、以前に蓮華が「水仙殿では蕎麦が食べられる」と言っていたか。なるほど、これが蕎麦。

傑も、蓮華と同じく不思議な娘だ。凰朔の人間なのに、そうではない雰囲気をまとっている。

「これは、どこの料理だ？」

鎌をかけるつもりはないが、何気なく問うと、傑は大きく目をそらした。

「え……延州の名物だよ……！」

わかりやすく誤魔化された。この娘は、嘘や取り繕うことが苦手のようだ。

「いただこう」

天明は表情を緩めながら、掌を傑に差し出す。傑は天明の手に、掛け蕎麦と箸を持たせてくれた。

輪切りの青葱を見ると、自然と蓮華の顔が頭に浮かんだ。あいつのせいで、後宮にも皇城にも、青葱の鉢が並んでいて最初は頭が痛かったが、今は懐かしい。

口に汁を含むと、芳しさと塩気が広がった。凰朔では馴染みの薄い味つけだ。蓮華の作る料理とは明確に異なっているものの、似たような種類だと確信する。「旨味の秘訣は、出汁やねん」と胸を張る蓮華の姿が容易に想像できた。

「蓮華は、お前と仲がよかったのだったな。いつも野球をしていた」

「それなりに、まあ……喧嘩ばっかだったけどよ」

傑はあいまいに答えながら頭を掻いている。

その顔をのぞき込むように、天明は身体を前に乗り出した。

「蓮華から、正妃となる前に話しておきたいことがあると言われた。お前には、心当たりがあるか？」

「え？　……あー……なるほど」

天明の問いに、傑はポカンと口を開けた。だが、すぐになにか思い至ったようで、目をあわせてくれなくなる。

知っていると顔に書いてあったが、傑は天明から隠れるように、顔を両手で覆ってしまう。

「し、知らねぇやい！」

「知っているのか」

「てやんでぇ！　そういうもんは、本人から聞きやがれ！」

強引に話を終わらせようとして、傑は天明から離れるように後ずさる。天明は深追いせず、掛け蕎麦の器を持ったまま立ち尽くす。

「たしかに」

自らを納得させるようにつぶやき、天明は景色に視線を移した。西に見える高い山々と、銀を湛える満月。風流に箏の弦でも掻き鳴らしたいながめであった。

「梅安へ戻れば、蓮華が話してくれるか」

天明の独り言に、傑は首を大きく縦にふった。

蓮華が話すと言ったのだ。蓮華に聞くのが筋だろう。また一つ、都へ戻らねばならない理由が増えた。

蓮華は今、元気だろうか。

あいかわらず、粉もんを焼いて、野球でもしていてくれることをねがうばかりだ。

彼女に檻は似合わない。

三

出立は、夜明けと同時だった。

猶予はないので、天明たちは旅の疲れも癒えぬうちに西界を出る。すぐにでも、山の部族との交渉が必要であった。

天明、清藍、颯馬、傑、仙仙のほかは最低限の人員だ。清藍の手勢が数人と、王家が寄越(よこ)した案内人のみ。

「山の部族は、古く山胡(さんこ)と呼ばれておりましたが、これは凰朔がつけた名です。あまり好まれません。彼らの言葉で、浪速(なみはや)族と呼ぶのがよろしいかと」

道すがら、仙仙が部族について教えてくれる。

「ナミハヤぁ……？　浪速(なにわ)みてぇだな」

傑が言い換えると、蓮華が使う言葉のような響きになった。

「浪速族か」

皇城の記録では、ずいぶんと好戦的な部族とされていた。蛮族である、と。

しかし、民族がちがえど、同じ人である。対話は可能だと、天明は信じていた。実際、延州とは友好的な関係を築く部族である。

「主上、休息されますか」

気持ちが急いているのか、疲れなど感じていなかった。颯馬にうながされ、天明はようやく足を止める。

「そうだな」

天明の応答に、颯馬は若干表情を緩めた。無表情に近かった以前に比べると、ずいぶん丸くなったものだ。これも蓮華の影響か。

休息には饅頭を摂った。餡も具も入っていない簡素な蒸し料理だ。白い饅頭を咀嚼しながら、天明は眉を寄せた。

「味気ないな」

無意識につぶやいてしまい、天明は息をつく。

蓮華の作る包子は美味だった。最初は甘い生地に違和感があったものの、今となっては、肉汁たっぷりの具材と、薄く削がれた木の皮が恋しい。普通の饅頭では満足できなくなっていた。

気を抜けば、蓮華のことばかり考えている。だが、そうでもしていないと前に進めぬとも感じていた。

もっと早くに、正妃になれと言っていれば……正妃としての蓮華と過ごす時間もあったかもしれない。

あとの祭りだ。後悔しても時は戻らない。

「主上」

饅頭で腹を満たした頃合い。颯馬が警戒の姿勢をとった。天明もまた、何者かの気配を察知して、剣に手をかけたところであった。

「わかっている」

接近を悟られぬよう、地形を利用していたようだ。気づいたときには、すでに囲まれていた。

梅安から送られた刺客……ではなさそうだ。

「皆、一塊に！」

清藍がいち早く、天明を庇(かば)うように動く。

いくらもしないうちに、じりじりと気配が近づいてきた。天明たちを取り囲み、様子をうかがっている。

「これは……！」

やがて、木々の間から何者かが顔を出した。

石の鏃(やじり)がついた弓矢が天明たちを狙う。

しかしながら、天明が驚いたのは、武器を向けられたからではない。

「この者たちが……山の部族、否、浪速族？」

現れた者どもは、装いからして凰朔の文化とは異なっていた。山に住む民らしく、木々や草で作った簑(みの)をまとっている。鉄や銅が希少なのか、鏃も黒曜石が煌(きら)めく石器だった。

部族の証なのだろうか。全員が同じ柄の布を身につけているが……その柄には、見覚えしかない。

白地に黒い縞模様(しまもよう)。雄々しい虎の模様が刺繍(ししゅう)された——蓮華が率いる野球の球団と同じ意匠だ。

「は……阪神タイガース……？　いったい、どうなってんだぁ？」

先に叫んだのは傑だった。信じられぬものでも見るような目である。天明以上に驚いているかもしれない。

「阪神？　芙蓉虎団(ふよう・たいがーす)の模様ではないのか？」

「あ……そ、そうだな。芙蓉虎団でぃ。阪神なんて知らねぇ！」

阪神という言葉は、蓮華もときどき口にするが、凰朔の地名ではない。天明が後宮利伊具(りいぐ)の球団名で確認すると、傑はぎこちなく肯定した。

「…………」

もう一人驚いているのは、颯馬だった。珍しく顔面を蒼白(そうはく)にして、口元に手を当てている。

浪速族たちの特徴が……颯馬の容姿によく似ていたのだ。

やや彫りの深い顔立ちは、西域の特徴が色濃く出ている。それだけではなく、彼らはみな、颯馬と同じ白髪であった。若く屈強な青年ばかりなので、加齢のためではなさそうだ。

颯馬は貧民街の出自である。母親は行きずりの男に暴行され、颯馬を身籠もったらしい。その男が異民族であったため、颯馬は一般的な凰朔人と異なる容姿をしているのだが……彼の父は、浪速族の出身だったのかもしれない。

「アンタら！」

浪速族の青年が口を開く。やや耳慣れない発音だが、凰朔の言葉らしい。けれども、独特な訛りには覚えがある……。

「どっから来たんやぁ？　迷子やったら、見逃しといたるで？」

これは――。

「関西弁じゃねぇか」

またもや、口を開いたのは傑だった。

関西という地名に覚えはないが、明らかに、蓮華の話す訛りに近い。

蓮華が話していたのは、浪速族の言葉だったのか……？

けれども、驚いてばかりもいられない。天明は彼らと交渉しに来たのだ。毅然とした態度をとらなければならない。

「我が名は、凰亮(おうりょう)天明。凰朔の皇帝だ！」

声を張りあげ、自らを奮い立たせる。

皇帝と名乗ったところで、浪速族の反応は薄い。が、臆するな。言葉は通じているのだ。

天明は布で包んでいた長物——天龍の剣を手に取る。柄を振ると、天高く昇る龍の意匠が施された宝剣が現れた。

凰朔の帝位を象徴する剣だ。鞘(さや)から抜くと、銀の刃(やいば)が太陽の光を反射させる。

「お前たちに、頼みがあって来た！　族長と会いたい！」

天明が要望を告げると、浪速族は互いに顔を見あわせる。どう対処すべきか悩んでいるようだ。

天明は、天龍の剣を地面に突き立てる。

「話しあいを求める！」

敵意がないことを示さなければならない。天明に続いて、清藍や颯馬も武器を置く。最後に傑が棍棒(こんぼう)を捨てた。

全員が丸腰になったのを確認して、浪速族たちが近づいてくる。そして、あっという間に、天明たちは縄で縛られてしまった。

天明の前に、仮面をつけた者が歩み出る。男たちを率いる存在のようだが、線が細くてしなやか……女性だった。

「案内したるわ。ついて来ぃ。族長は、うちの父や」

浪速族の女は、訛りのある言葉で告げる。

四

天明たちは縄で縛られ、目隠しをされたまま険しい山道を歩かされる。どれほど進んだのかは感覚でしかわからないが、半日は経過していただろう。その間、休みはほとんどなかった。

これではまるで、罪人の扱いだ。しかしながら、浪速族にとって天明たちは、部外者である。抵抗せず、大人しく彼らに従った。

長い道のりを歩いたすえに、浪速族たちは立ち止まる。

「ここが、うちらの村や」

族長の娘は言いながら、天明の目隠しをとる。瞼を刺す光に、天明は一瞬、目を開けていられなかった。

徐々に目が慣れて、視界に景色が浮かびあがってくる。

「なん……だ……これは？」

飛び込んできた集落の光景に、天明は唖然（あぜん）とした。他の者たちも、不思議そうな面持ちで立ち尽くしている。

なんとも形容しがたい。けれども、どこか覚えのある空気感……まるで、芙蓉殿のような……。

「お、大阪……？　新世界か……？」

傑だけがちがう反応を示し、知らない土地の名をつぶやいていた。

黄と黒の縞模様で装飾された旗が、まず目に入った。虎の刺繍まで施してあり、既視感しかない。あれは、芙蓉虎団の応援旗によく似ている。

さらに、集落の者たちが楽しげに囲んでいるのは、大きな鉄板だ。なぜか武器は石器なのに、鉄の一枚板を持っている。

なにをしているのかと注視すると……具材を混ぜ込んだ生地を焼き、茶色の汁を塗っていた。

「蓮華のお好み焼きではないか……」

やはり、蓮華は浪速族の関係者なのか？　ここには、蓮華を彷彿（ほうふつ）とさせるものがあふれていた。

「グリコ……食い倒れ人形……巨大フグの看板!?　どうなってんだぁ!?」

石造りの建物に飾られた看板や像を見て、傑が目を点にしていた。天明には、なんの話をしているのかわからないが、この珍妙な景色について、なにか知っているのは明白だ。

「族長の許可がおりた。行くで」

娘に導かれて、天明たちは集落の奥へと歩かされる。目鼻立ちがはっきりとしており、整った顔立ちだ。筋肉質でしなやかな体軀は、後宮の妃にはない色香がある。

族長のもとへ向かう途中で、大きな広場に差しかかる。一際目立つこの場所は、集落の中心部だろう。見たことがない男の石像が建っている。

なんとも形容できない、変わった意匠の袍服だ。優しい微笑みの顔に、丸い眼鏡をかけている。眼鏡は凰朔では珍しい品だが、西域から渡ってきたものを献上されたことがあった。この人物は西域の男のようだ。

「……カーネル・サンダース像じゃねぇか……」

傑が一人で頭を抱えている。

族長の娘は石像の前に跪き、祈りを捧げはじめた。よく見ると、石像の足元には果実などの供物が山積みされている。

「これは、うちらの神の一柱や。アンタらも、よう祈っとき」

神……なるほど、これは神なのか。郷に入っては郷に従え。天明は縄で手を縛られたまま、石像に向けて頭をさげた。

「いや、カーネル・サンダースに祈るとか、どういう状況だよ！」

傑だけが目を回していた。漫才で言うところの「突っ込み」のような反応速度だ。傑は漫才が下手だったはずだが、反射的に叫んでいる様子だった。

――やれるもんなら、やってみぃ。こちとら、カーネル・サンダースの呪いから大阪を救って死んだんや。なんも怖くあらへん！

ふと、天明は蓮華の戯れ言を思い出す。なにを言っているのか、あのときは少しも理解できなかったが、この石像の男のことだったのだ。

どうして、この集落には蓮華を想起させるものばかりあるのか。都の人々のように、蓮華の真似をした……それは考えにくい。梅安の文化を持ち帰る地方の人間は多いものの、これだけのものが短時間にそろうとは思えなかった。

だとすれば、ここが発祥の地なのか？　それとも、浪速族も蓮華も、同じものの影響を受けている？

蓮華は天明に話したいことがあると言った――彼女自身に聞く予定だったが、その答えが得られるかもしれない。

やがて、天明たちは岩場へと連れていかれる。見あげるほどの崖は切り立っており、大きな洞窟が口を開けていた。

人の手で掘った穴には見えないので、天然の鍾乳洞(しょうにゅうどう)だろう。炎の灯(あか)りを反射させて、一部結晶が煌めいている。

「族長」

族長と呼ばれているのは、屈強な肉体を持つ壮年の男であった。白地に黒い縞模様、胸に虎の刺繍を施した衣を羽織っている。

「皇帝を名乗っとるっちゅう不届き者(もん)は、アンタかぁ？」

族長は大股で天明の前へ歩み寄り、顔を歪(ゆが)めた。わざと威圧的な態度をとり、こちらを畏縮させようとしている。

天明は毅然と胸を張り、眉一つ動かさない。

「主上、ここは王家の娘である妾(わらわ)が話しましょう」

仙仙が交渉役を買って出る。

「いや……俺が話す」

だが、天明は首を横にふった。

そして、族長をまっすぐに見つめ返す。

「我が名は、凰亮天明。この凰朔国の皇帝だ」

淀(よど)みない声で告げると、族長は「はァん？」と首を傾(かし)げてみせた。手にした煙管(きせる)をくわえ、紫煙を天明の顔に吐く。

「…………」

こちらが虚仮威(こけおど)しでは動じぬと理解したのだろう。顔をしかめながら、天明を凝視する。

「仮に本物だとして……こぉんな山奥に、なんの用があんねん。皇帝は、もう二度とこの地に踏み入れへんと思っとったわ」

「同盟を結びにきた」

天明が短く用件を告げると、族長は不機嫌そうに口を歪める。

「皇帝がぁ？　……ああ、都を追い出されたんやったな」

こちらの事情は知っているようだ。ならば、話は早い。

「……〝忘れられた民〟に、いまさら助け求めるっちゅうんか？」

「忘れられた？　どういうことだ」

「ほらな。ワイらの記録なんて、なんも残ってへんのやろ？」

「…………」

天明は、彼らについてなにも知らない。皇城には民間で流布されていない歴史や伝承について書かれた文献も多いが、そのどこにも記されていなかった。

「お前たちは、いったい何者なのだ？　……教えてほしい」

天明が頭をさげると、族長はしばらく考え込んだが、やがて、ついて来いと言いたげに手招きする。

「ええで……素直な兄ちゃんは、嫌いやない」

なにを見せるつもりなのだろうか。天明は訝(いぶか)しく思いながらも、族長について歩いた。仙仙や傑たちも、天明に続く。

「その昔、ワイらの神は泉から来たんや」

鍾乳洞の奥へ向かいながら、族長が口を開く。

「神が泉から？」

凰朔国では皇帝は天であり、すなわち神とされている。だが、他国ではそれぞれ神の在り方がちがうことは、天明も承知していた。凰朔で知られる物語は、王朝を成立させるために創られた神話であって、史実ではないのだ。

だから、浪速族にも神がいると聞いたところで、なんとも思わない。彼らに独自の文化があるのは、当たり前だ。

しばらく歩くと、いっそう広い空間に出る。人が掘ったわけではなく、洞窟内に自然とできた湖のようだ。

松明に、仄暗い水の揺らめきが照らされる。

「ここが神泉や」

泉の周りには供物が並べられている。食べ物のほかに、翡翠や水晶の原石、砂金などの宝もあり、彼らの信仰の厚さがうかがえた。

この水底から、神が来たというのだろうか。

目を凝らしても、見えるのは松明の揺らめき程度だ。湖の底がどうなっているかなど、潜水しない限りは確認しようがない。

「な、なんでぃ!? こりゃあ!」

泉の底を注視していた天明のうしろで、傑が声をあげた。

どうやら、洞窟の壁を見ているようだ。信じられないと言いたげに叫んで頭を抱えている。

「な……」

そこには、絵画があった。

大きな木枠の中に、赤くて丸い頭を持った妖魔が描かれている。足が八本あり、不気味な吸盤がびっしり並んでいた。伸びた口から黒い墨を吐き出す姿は、なんともおぞましい。だが、絵柄のせいか、どことなく愛らしさも感じる。

天明は直感した。

「蛸……なのか……!?　これが！」

この絵は、〝蛸なる生物〟を描いたものにちがいない。

天明は以前、蓮華のために国中から情報を集め、一枚の写しを入手した。あれは山の部族たちが崇める壁画だと聞いていたが……まさか、この光景を写したものだったとは。

しかし、色使いが独特だ。背景は赤や黄色など目を引く色彩が使われており、とにかく目立つ。天明には読めない異国の文字も並んでいて……蓮華が舞台や野球の興行で用いた文字入りの絵画に近い雰囲気だ。蛸が器用に楊枝を持ち、〝たこ焼き〟に似た形状の球体を掲げているのも、気になってしまうところだった。

「アンタ、蛸を知っとるんか？　あれは、ワイらにとっての神やぞ！」

さきほどの石像を神と呼んでいたが、この絵画も神らしい。浪速族は、複数の神を崇めているようだ。

「どういうことだ。蓮華は神を食したかったのか？　俺に神を仕留めよと？」

天明が放心してつぶやくと、颯馬が神妙な面持ちを作る。

「鴻徳妃ほど徳の高い方であれば、きっと神罰は下りますまい」

あまりに真面目に返してくるので、天明も引っ張られるように気を引きしめた。

「俺は……蓮華のためであれば、神だって――」

「おいおいおいおい。ってやんでぇ！」

荒い言葉づかいで口を挟んだのは傑だった。

「神ってのは、どういうことだぁ？　ありゃあ、どう見ても……どっかの、たこ焼き屋の看板じゃねぇか！　日本じゃ珍しくもねぇが、どうして、あんなもんが崇められてるってんだよ！」

日本？

傑はなんの話をしているのだろう。

「あ！　しまった！　悪ぃ、忘れてくれ！　あははは！」

傑は大声で笑いながら頭を掻きはじめた。誤魔化しにもなっていないのだが、突っ込むべきだろうか。

「傑。なにやら重要そうなので、碑文にいたしましょう。もう一度、おねがいします！」

「だから、忘れてくれって！」

仙仙がいつものように碑がどうのこうの言いはじめると、いよいよ混沌としてきた。

そんな中、族長だけは傑に向ける視線がちがっていた。

「導き手や！　この嬢ちゃん、神様やで！」

族長はいきなり、両の目を大きく開いて傑に迫った。

「え？　えええ!?　な、なんだってんだ！」

なにがなんだかわからない傑は、叫びながら後ずさりする。逆に族長は、傑との距離を強引に詰めた。

「ワィの目は誤魔化せへんで！　嬢ちゃん、いや、導き手様！　〝日本〟のことを知っとるのが証拠ですわ！」

「ひぃぃいい。面倒くせぇ！」

筋肉質で大柄な族長に詰め寄られて、傑は身を小さくした。怖がっているというよりも、心底迷惑がっている。

もはや、誰も状況がわかっていない。

「傑は、妾の従者です！　傑が導き手だというなら、碑でも石像でも、なんでも好きなものを建てて差しあげますから、解放してください！」

傑を救おうと、仙仙が必死で割って入っている。当の傑は「碑も石像もいらねぇと思うんだが!?」と、困惑を強めていたが、誰も聞いていなかった。

「まずは、詳しい説明をしてくれないか」

事態の収拾がつかない。これでは話が進まないと悟り、天明が声をあげた。泉に声が反響し、全員が天明を注目する。

「導き手のこと、日本という土地のこと、そして、蛸なる神のこと」

情報の整理が必要だ。

一瞬、もしかすると、蓮華の告白を待たずに真相を知ってしまう不安が頭を過(よぎ)ったが——仕方がない。いま、聞いておく必要がある。

「せやな」

族長は傑からいったん離れ、一呼吸置く。

そして、腰に差した短剣に手をかけた。

「…………！」

緊張が走る中、縄が切断される音が響く。

族長は傑の縄を解いていた。次いで、見張りに命じて天明たちの縄も切らせる。

「場所を移そうか……順を追って話したるわ」

彼はそう言って、洞窟の外へと案内した。

その泉は、〝異界に繋がっている〟。

族長は、浪速族の間で語られてきた伝承を、天明たちに語りはじめた。

導き手と呼ばれる神が渡ってきたという伝承があるだけではない。仄暗い泉の底から、時折、漂着物があるのだ。

それは、精密な絵画と異国の文字で綴(つづ)られた書物。

それは、都ですら見たことがない精巧な硝子工芸品。

それは、得体の知れぬ素材で作られた人形。

浪速族の者が泉の底へ潜って調べても、どこへも繋がっていない。異界からの漂着物は、導き手と同じく一方的にやってくる。

浪速族たちは長年、それらを収集してきた。浪速族にとって、漂着物は神からの贈り物だ。導き手たちの知識と記憶を使って解読し、再現し、後世へと繋いできたもの。

そうやって、浪速族は独自の文化を形成してきた。

繋がった異界の名は、大阪。

都市を流れる川に落ちたものが、なんらかの理由で神泉へ流れつくようだ。

凰朔国を建国した高祖も、この神泉を崇め、国をまとめあげる助力としていた。しかし、その風習は廃れ、皇族の間でも継承されなくなってしまったのである――。

「高祖が……？」

族長の話がいったん区切れたところで、天明は疑問を口にする。

凰朔の建国史は、天明も知っているが、民間で語られる伝承と、皇城に残される史実は異なる部分があった。どちらにも、泉を崇めたという記録はない。

浪速族の言うとおり、忘れられてしまったのだ。

「凰朔の高祖はんのそばには、導き手がいたらしいっちゅう話や」

「導き手とは、なんだ？　どうして、傑が導き手だとわかった？」

族長は焚き火に木を焼べながら、天明の問いを受け止める。

広場には動物の毛皮が敷かれている。族長や天明たちの前には、焼けた肉や木の実が並べられており、一応は歓待を受けているとわかった。

傑にだけ、どっさりと肉が積まれている。さきほど、族長は彼女を〝導き手〟と呼んでいた。

「ときどき、魂だけがこっちの世界に渡ってくる者がおるんや。高祖はんは、その導き手の助力を受けて、国を統一したっちゅうのが、ワイらに伝わる歴史やで」

凰朔では、国難に際して異界の神が降り立つ。

皇城に残されている歴史書の記述を、天明は思い出した。たしかに、異界から神が降臨する、と……だが、それはあくまで神話であって、なにかの暗喩だと思っていた。

まさか、本当に異界から来た者を示しているとは。

「異界から流れた魂魄が、高祖を導いたと？」

「せや。国が危機に瀕すると、導き手が現れる」

族長が語るには、長らく導き手は浪速族に生まれていた。ゆえに、高祖は浪速族との関係を維持するため、泉を訪れていたのだ。

しかし、凰朔の皇族は神泉の伝承を語り継がなかった。

そのころから、浪速族には導き手が生まれなくなったのだという。そして、流れついてきた魂魄は凰朔の各地で生まれ落ち、自分の成すべき使命もわからぬまま人生を過ごすことになる。

族長の話を聞きながら、天明は傑に視線をやった。ちょうど、傑が骨付きの大きな肉を持ちあげるところだ。

「な、なんだってんだよ……！　やらねぇからな！」

「要らぬ」

傑は顔をそらしながら、骨付き肉にかぶりついた。

この娘には、凰朔国にはない知識がある。

そして、蓮華にも。

彼らは浪速族の言う導き手とやらで、国難を救う救世主……天明を助ける存在かもしれない。否、もしかすると、天明を廃し、哉嗚が帝位に就くための。

「お前さんたちが、たこ焼きの看板を崇めてた理由は、なんとなくわかったけどよぉ……一つ、いいかい？」

考え込んでいた天明の代わりに質問したのは傑だった。

「はい、なんでっしゃろ。導き手様！」

「俺ぁ、神なんかじゃねぇっての……」

調子をくるわされているのか、傑はやりにくそうに胡座をかく。

「その……転生者、いいや、導き手ってのは、大阪の人間以外もあり得るのかい？」

「稀に、異界の別の地から来たと名乗る者も、おったっちゅう話です。導き手様！」

「だから、導き手っての、やめてくれねぇかな……」

傑は頭を掻きながら苦笑いする。彼女に導き手としての自覚などないため、突然、神などと言われて困惑しているのだろう。

「ただ……」

「ただ？」

傑は首を傾げる。

「昔からの言い伝えがありまして。〝巨人好きを名乗る導き手には注意しろ。そいつは敵や。吊るせ〟って……ちなみに、導き手様は野球はお好きで？」

「あァン？　アンチ巨人かよ。上等じゃねぇか。表に出やがれ――ふがっ」

なにかを察したのか、大きく開いた傑の口に、仙仙が肉の塊を押し込んで黙らせた。

そういえば、傑はいつも蓮華と謎の喧嘩をしている。巨人とか、阪神とか……おそらく、よくないことを言おうとしたのだ。血の気が多くて先が思いやられる。

傑は不服そうに肉を噛み千切った。

「あと、もう一個。これは個人的な興味だ。あそこに飾ってあるカーネル・サンダースなんだが……いったいどうして？」

傑は広場の中央に立つ石像を指差した。

「あれは泉から流れついた神像を模したもんや。長い間、神泉に祀っとったんやけどなぁ……手違いで泉に落としてもうたんですわ。慌てて潜水したけど、消えてなくなっとったんです。あっちの世界に、帰ったんとちゃいますかね？　代わりに石像を建てて、今はワイらの守神様にしとるっちゅうわけです」

族長の回答を受けて、傑は指を折ってなにかを数えはじめた。

「なるほど……たしか、一九八五年に阪神優勝のとき投げ入れられて、平成に発見されたって話は、ニュースで見たな……あのカーネル・サンダース、道頓堀からこっちに流れついて、また日本に帰ったのかよ……」

傑がなんの話をしているのか、まったくわからない。だが、ずいぶんと深刻そうな表情だ。

「……つまり、アレだ……向こうの世界にも行けるっつーか。帰れる可能性があるって、ことかい？」

傑の言葉に、天明は目を見開いた。

異界へ戻っていったものがあるなら……もしも、可能なら——蓮華も帰りたいと言うのだろうか。

「あー！　いや！　俺が帰りたいとか思ってるわけじゃなくて、な？　いや、そもそも、俺にゃあ関係ねぇんだがよ！　確認しただけだ！」

傑は勝手に言い訳しながら、仙仙を見つめていた。仙仙は不思議そうに目を瞬かせている。

「俺は、仙仙を一生守るって決めてるからよ。帰らねぇ！」

誰も聞いていないのに、傑は顔を真っ赤にして立ちあがった。

その様がおかしかったのか、仙仙も微笑みながら、傑の前に立つ。

「傑、一生を捧げる必要などないのですよ。妾は大丈夫ですから……」

「いいや、俺は決めてんだ。碑に残したっていいぜ！」

傑は大声で宣言していたが、恥ずかしくなったのだろう。言い切ったあとに、背中を丸めて縮こまっていった。

傑の問題はさておき。

天明は座したまま、族長に向きなおる。

浪速族の文化や神は理解した。そのうえで、改めてこちらの要求をとおさなければならない。

「我らはお前たちと交遊するためだけに来たわけではない」

天明は、できる限りの言葉を尽くして、経緯を説明する。都を追われたこと、兵を味方につけなければ挙兵できないこと……包み隠さず。

「浪速族の協力が、我らには必要だ。助力ねがえないだろうか」

天明は地面に拳をつき、深々と頭をさげる。

即位してから、このように礼をする機会など、まずなかった。颯馬や清藍が動揺して、「主上！」と諫める声がするが、天明は頭をあげない。

今の天明は無力だ。皇帝の権威を剝ぎ取られ、なにも残っていない。痛感しているからこそ、全力を尽くしたかった。

なんだってやる。

玉座を――蓮華を取り戻すためだ。

「…………」

族長は黙したまま、天明を見据えている。

熟考している、というよりは、困惑しているようだ。

「……あれを」

族長は、低い声で給仕に指示を出した。給仕の女性は驚きを表したが、やがて、急いでその場を離れる。

いくらもしないうちに、給仕は戻ってきた。両手で木箱を丁重に抱えている。

「ありがとさん」

族長は給仕に礼を述べ、木箱を受けとる。

蓋を開けると……妖魔が入っていた。

「なん、だ……これは……いや」

あまりの見目に、天明は顔を歪めてしまう。

丸い頭に、八本の足。びっしりとついているのは、吸盤だろうか。

それは、蛸なる生物の特徴を持っていた。否、さきほどの絵画から推察するに、これは蛸だ。しかし、身体中から水分が抜けている——干物だ。

「蛸は、ワイらの神や」

ずっと、探していたのだ！　蓮華が求めていたもの！　蛸！

欲しい……！

天明は思わず身を前のめりにした。

「毎年、精鋭の青年団を結成し、海まで遠征しとる。そして、漁で得た蛸を、こうして干して持ち帰っとるんや」

族長は蛸を高く掲げた。

「蛸は御饌（みけ）として神に献上する。それを神事で〝たこ焼き〟にするのが、ワイらの信仰や」

蓮華があれだけ焦がれていた蛸は神。しかも、毎日、蓮華が焼いてくれたたこ焼きは、神事でしか口にしない特別な食事。なにを言っているのかわからなかったが、蛸が簡単に手に入らぬ雰囲気だけはつかんだ。

口を半開きにしている天明に、族長は人差し指を突き出した。

「浪速族の流儀では、この蛸を賭けて神事を行う。そして、勝者は――蛸と共に、敗者を意のままに従わせる権利を持つんや」

天明をはじめ、一同は固唾を呑んだ。

つまり……。

「神事で、ワイらを負かしたら言うこと聞いたるわ」

族長は好戦的な笑みを浮かべながら、蛸を天明に向けた。

天明はしばらく呆けていたが、やがて、立ちあがる。

つまりは、勝てば蛸が手に入る。さらに、こちらの要求も通せるというわけだ。

「いいだろう。勝たせてもらう」

天明は淀みなく答える。

決して、蛸のためではない。蛸は副産物に過ぎない。天明の頭には、小躍りしながら感謝で滂沱する蓮華の姿が浮かんでいるが、蛸はあくまで二の次だ。もう頭の中が蛸でいっぱいだが、これは主目的ではない。断じて。

「それで、神事とは？」

勝負の内容は知っておきたい。

天明の問いに、族長は口角をつりあげた。

「野球や」

五

跋杜に当たった丸い球が、勢いよく飛んでいく。

遥か天へと向かって打ちあがる球。太陽のまぶしさに、行方を見失ってしまいそうだった。

天明は野球をしている。

遊んでいるのではない。

これも哉嗚を打ち砕き、梅安を奪還して蓮華を取り戻すのに必要な過程だ。決して、蛸のためではない。

ここへ至るまでの経緯は紆余曲折あったが、とにかく今は、目の前の戦いに勝たねばならぬ。

天明は球の行方も確認せず、懸命に地を蹴った。一塁へ向けて、一目散に走る。

野球という遊戯は、何度も見せられてきた。決まり事だって覚えているし、どのような動きが理想か、頭で思い描くことだって可能だ。

しかし、圧倒的にちがう。

見ているのと、競技するのとでは、まったく勝手が異なっていた。

「悪得徒（あうと）！」

懸命に走った天明の耳に、無慈悲な宣言が届く。

天明の球は高く打ちあがり、飛球（ふらい）となってしまった。外野手が難なく球を処理する様が確認できる。八回裏の局面で、二悪得徒目だ。

「く……！」

天明は額に滲んだ汗を拭い、奥歯を嚙みしめた。

浪速族の神事――すなわち野球。

この試合に勝てば、浪速族の協力を得られる。簡単な話だ。

相手の団は、族長含む屈強な男衆が九人で、控え選手までいる。浪速族の精鋭という話だ。浪速虎団（なにわ・たいがーす）と名乗っていた。族長の娘をはじめとした女たちは、短い裙（くん）を穿（は）いて踊って応援している。

対して天明たちは寄せ集めだ。後宮での正式な試合に参加したことがあるのは、傑と清藍だけ。天明は観戦ばかりで、競技するのは初めてだった。ちなみに、皇帝龍団（こうてい・どらごんず）と、傑が名づけた球団名を使っている。名前など、どうでもいいので誰も異を唱えなかった。

初心者の颯馬が意外と上手いのが、無性に腹立たしい。仙仙は、傑にばかり野球をさせられないと、後宮でも秘（ひそ）かに練習していたので、なかなか形になっている。あとの四人は清藍が連れた手勢から選んだのだが、彼らは筋がいい。もともと、清藍につきあって野球をしていた。

もしかすると、最も足を引っ張っているのは……天明かもしれない。自団の席へと帰りながら、天明は歯嚙（はが）みする。

「主上、気を落とされなさるな！」

清藍が大声で笑いながら、天明の肩を叩いた。

打撃は慣れない。球を当てるだけならば造作もないが、さきほどのように飛球となっては意味がなかった。

「だが……」

試合、否、神事はすでに八回裏。

掲示板には、五 対 五の文字が刻まれている。寄せ集めながら、数字のうえで皇帝龍団は健闘していると言えよう。

けれども、得点の多くは清藍と傑が稼いでいた。それぞれに、単発の本塁打を二本打っている。二人とも、後宮の試合で活躍した強打者で、半ば強引な得点方法だ。戦略的に戦っている浪速虎団に比べると心許ない。

「三悪得徒！　攻守交代！」

天明の次に打った一番打者、颯馬が出塁したものの、次いで、三番打者が打ちとられ、三悪得徒だ。

九回表、天明たちの守備。ここからが正念場だ。

天明は深呼吸して、盛り土された塚に立つ。磨雲土（まうんど）だ。

野球をするのは初めてだった。

それでも、天明はもとからの運動能力が高く、投球だけは、誰よりも速かった。教えられた球種も、いくつか投げられるようになったので、投手に抜擢（ばってき）されている。蓮華と同じ守備位置だ。

「負けるわけにはいかぬ」

大きくふりかぶって、天明は球を投げる。

指先から離れた球はまっすぐに、捕手のもとへと飛んでいった。

天明の直球（すとれーと）は、浪速虎団の投手よりも速い。傑は「一四〇キロは出てるかもしれねぇ！　初心者なのに！」と、興奮していた。よくわからない単位を使用されたが、投手を全うするに値するというのは理解する。

「…………ッ」

額から汗が流れ、天明は袖で拭う。

最初は、球速をもって順調に悪得徒を重ねていた。けれども、人は順応するものだ。中盤以降は、徐々に打ち返される回数が増えていった。

今回も、投球は掬われるように三塁側へと飛んでいく。このままでは、出塁されてしまう。

「てやんでぇ！」

だが、焦る天明とは裏腹に、三塁手の傑が大きく跳びあがる。あの小さな身体のどこに、こんな力があるのだろう。

「悪得徒！」

「っしゃらぁ！　朝飯前だ！」

傑は雄叫びをあげながら、くるりと前転した。後宮でもそうだったが、彼女は無駄に派手な動きを挟みたがる。

天明が胸をなでおろす間もなく、三番打者が現れた。

「くく……」

跋杜を構えた浪速族の選手は、意味深な笑みを浮かべている。天明には意図がわからず、眉根を寄せた。

なにを笑っているのだ。

天明は野球初心者だが、試合にはなっている。意味もなく笑われる謂れなどない。しかしながら、相手に意図を説明する気はなさそうだ。

「くそ」

天明は悪態をつきながら、投球に入る。

さきほどよりも速く。意識して全身に力を込めた。

「な……！」

だが、無情にも再び球を打つ音が響き渡った。今度は、守備の隙間があった右中間を抜ける鋭い打球である。

「まずい！」

天明が声をあげたときには、走者はすでに一塁を踏んでいた。右翼手が慌てて球を拾って投げるものの、そのまま二塁へと突っ込まれる。

塁を二つも進めさせてしまった。打たれた天明の失態である。

大粒の汗が頬を伝う。

すでに九回表。ここで点が入れば、九回裏で巻き返すのはむずかしい。なんとしても死守したいところだった。

「おーう。がんばっとるやないか。皇帝さん」

まるで世間話でもするような口ぶりだ。

四番打者である族長を、天明は真正面から睨みつける。されど、族長の顔から余裕の笑みは消えない。

「アンタの球は速い。そら、認めるで」

族長は口角をつりあげながら、跋杜をにぎる。

三番打者が笑っていた理由と関係があるのだろうか。だが、野球の経験が浅い天明は、精一杯の戦いをするしかなかった。

盗塁に気を配りつつ、流れるような動作で投球に入る。

「せやけど、対応可能や」

球が指を離れる瞬間……天明は族長の跋杜に違和感を覚えた。

跋杜が短い？　わざと短いものを使っているのか……いや、待て。試合に使える長さは決まっていると、傑から説明されたはずだ。

「まさか！」

跋杜を短めに持つことで、振り抜く速度をあげている。長打は狙えないが、これなら速い投球にも対応しやすい。

一応、天明は曲球（かーぶ）も投げられるが、精度が悪かった。この局面では、できるだけ選びたくない球種である。当然のように、速度にまかせた直球を真ん中に投げていた。

もっと早く気づいていれば——。

後悔したときには遅すぎた。

打球音が響き渡る。

「ぐ……!」

球はまっすぐに、天明の頭上を行く。反射的に飛びあがって手を伸ばすが……届かない!

そのまま、中堅手（せんたー）の前へと球は落ちた。族長は一塁へ、二塁にいた走者は三塁へと進んでいく。

だが、あろうことか、三塁を通過した走者は本塁へと帰還しようとしていた。

この三番打者、足に自信があるようだ。まるで、朱（あか）い彗星（すいせい）と呼ばれた朱燐（しゅりん）である。

「主上!」

中堅手をつとめている清藍から球が回ってくる。直接、本塁へ投げるよりも、天明を経由したほうが早く球を戻せるからだ。球を捕手に届け、走者を刺さなければならない。

「う……」

しかし、それは突然襲いかかった。

球を受けとった瞬間、天明の肩に激痛が走る。一回表から、投げ続けた疲労が蓄積していたのだろう。急に肩が痛くて堪(たま)らなくなった。

それでも、気合いで天明は本塁に投げる。

「成譜(せーふ)!」

間に合わなかった。

一瞬の差で、浪速族の走者が本塁に戻ってしまった。

得点は、六対五。

天明の失態(えらー)だった。

浪速虎団 対 皇帝龍団、九回裏。

八対五。

結局、天明は挽回(ばんかい)できずに打たれ続けてしまった。真っ当な球団なら、控え選手がいるが、急造なのでそんなものはいない。打たれていても、天明が投げ続けるほかなかった。

「てやんでぇ! しっかりしやがれ、皇帝!」

気合いを入れるつもりなのか、傑が天明の肩を叩く。

この回は、天明たちの攻撃だ。そして、泣いても笑っても、これが最後。逆転せねば、試合は終わるだろう。

「主上！　私、劉清藍が必ずや！」

この局面で、四番として打席に立つのは清藍だ。男子の球団を作るため、兵たちに野球を指南しているだけあって、安定した打者である。

「ぬんっ！」

一球目から、豪快な振りだ。

球は鋭い低めの直球。悪球（ぼーる）かどうか、見分けのつかぬ軌道だ。けれども、清藍は強引に跋扈を球に当てた。

球は打ち返され、天へと上昇する。

打ちあがったので飛球かと心配されたが、どんどんと飛距離が伸びていく。そして、外野席を飛び越えて、森の中へと消えた。

場外へと打ち込まれた大本塁打だ。浪速虎団の選手からも、思わず拍手があがっている。

「主上ー！　見ましたかー！」

嬉（うれ）しそうに単独本塁打を決めた清藍が、本塁に向かって悠々と走る。さすがに天明も興奮し、手をふり返してやった。

競技とは、かくも楽しいものなのか。観戦ばかりだったが、悪くないと思える……今回だけだが！

「四番はくれてやったが、俺だって負けてられねぇ！」

跋杜を担いで、傑が打席に立つ。

皇帝龍団では五番打者を務めている。後宮の水仙巨人軍(すいせん・じゃいあんつ)では、四番打者として活躍していた。この試合でも本塁打を二本決めている。清藍に次ぐ主砲だ。

浪速虎団の投手が球を投げた。だが、これは罠(わな)だ。悪球である。

「ナメんなよ」

傑はほくそ笑みながら、悪球を見抜く。跋杜を振らず、球を見送った。

次いで、二球目も悪球。経験値が高いため、冷静に対処していた。

そして三球目。ようやく、傑が大きく踏み込んだ。

「よっしゃ！」

動作が大きすぎて、頭の防具が落ちる。小さな身体にそぐわぬ力業で、球を軽やかに打ち返していた。

白球は守備陣を飛び越えて、外野席へと吸い込まれていく。単独本塁打だ。

「さすがは傑です。褒美として、金の像を建てましょう！」

仙仙が嬉しそうに微笑みながら、なんとも大仰なことを言っていた。それが聞こえているのか、聞こえていないのか、傑は控え席に手を振る。

「あたぼうよ！　俺にまかせとけって！」

こちらも単独とはいえ、この局面で確実に本塁打を決めるとは。後宮で鎬を削っているだけのことはある……本来、後宮で争うのは権力や寵愛であり、野球ではないと思うのだが、この際どうでもいい。

得点は八対七。一点差まで追いついた。

しかし、問題がある。

続く六番、七番打者は清藍の野球仲間であるが、打率は安定感に欠け、本塁打など狙える選手ではなかった。八番打者の仙仙は、守備こそ上達しているが、打撃はいまひとつ。九番打者の天明は言わずもがな。

下位打線が圧倒的に弱い。ここから二点返すのは、至難に思われた。

「悪得徒!」

天明の予感は的中し、六番、七番打者は簡単に三振をとられてしまった。一気に二悪得徒。走者はいない。

「主上、妾が本塁打を打った暁には……」

緊張した面持ちで、仙仙が打席へ向かう。

その小さな後ろ姿に、覚悟を背負っていた。

「梅安に、妾の碑を建ててくださいませ!」

ふり返り際に笑った仙仙の顔は清々しかった。だが、すぐに首を横にふる。

「冗談です。必ずお繋ぎしますので、あとはよろしくおねがいします」

仙仙は本塁打を狙える打者ではない。されど、負けるわけにはいかぬ。なんとしても出塁して、天明以降の打者に繋げるという意気込みが見てとれた。

才能はない。が、自分の方法で補おうと、仙仙は誰よりも努力している。白い手は豆や傷でいっぱいになっていた。傑に頼まなくとも後宮で野球ができるように、日夜励んでいた証拠である。

本当に真面目な娘だ。野球だが。

直向（ひたむ）きで前向き。決して挫（くじ）けない。もしも、後宮に蓮華がいなければ……天明は彼女に共感し、正妃に選んだかもしれない――そんな想像もする。

「参ります！」

打席に立った仙仙は、跋杜を構える。

呼応するように、投手が振りかぶり――投げた。

飛んでくる直球を、仙仙は視線でとらえている。闘志は燃えたまま、尽きることはない。絶対に打つという気迫で、身体が大きく見えた。

「な……！」

流れるような仙仙の動作に、天明は両目を見開いた。傑が、嬉しそうに叫ぶ。

「セーフティーバントだ！」

仙仙が選んだのは、軽打だった。

跋杜を振らず、球に当てる戦法だ。繊細な技術を要するが、成功すれば球を手前に落として転がすことができる。守備が球を拾う間に全力で走り抜き、出塁するという戦法だった。


だが、走者が一人もいない状態での軽打は成功率が低い。

「走れ！　仙仙！」

傑の声と、球が落ちるのが同時だった。仙仙の戦略どおり、球は地面を転がる。あとは、彼女の足が間に合うかどうか。

仙仙は必死の形相で地を蹴る。後宮の妃としての彼女しか知らぬ天明にとって、初めて見る顔だった。

歯を食いしばり、懸命に走る姿。おそらく、妃らしからぬ……だが、あの異質な空気をまとう後宮においては、これこそが美の象徴。いや、野球だが。

天明も、いつの間にか手に汗握り、仙仙に声をかけていた。

「王淑妃！　ゆけ！」

仙仙は前のめりに倒れ込むように、一塁へ飛び込んだ。袍服の前面が真っ黒になり、顔が汚れるのも厭わない。

間に合え。

一塁へ球が迫る。

球が先なら悪得徒。仙仙が先なら、成譜だ。

誰もが固唾を呑んで、判定を待っていた。

審判が下るまでの、一瞬の静寂。

「………」

「成譜！」

審判が両手を広げて、宣言する。

「やりやがったぜ！　仙仙！」

傑が飛びあがり、拳を突き出す。清藍も一際大きな声で雄叫びをあげた。颯馬の表情も、珍しく興奮で崩れている。

天明は一人息を止めていた。

次の打席は、天明である。

仙仙は宣言どおりに、打順を繋いでくれた。天明はまさしく、あとを託されたのである。

首の皮一枚繫がった。が、それはそのまま天明の重責となる。

跋杜を持つ手が震えた。汗でまともに振れないかもしれない。

最黎が死に、帝位に就いたとき以来の重圧……野球だが。否、たかが野球、されど野球だ。この勝負で、今後の命運が大きく変わる。

「主上」

颯馬が心配そうに天明を見据える。

天明の打率はよくない。この局面、後宮で見ていた試合なら、十中八九、代打が用意されるだろう。ここで打てない選手を出す意味がない。

しかし、皇帝龍団には控え選手がおらず、天明が打つしかなかった。

なんとか安打を決めて、上位打線に繋ぐ……否。

本塁打ならば、一気に逆転だ。

九回裏八対七。二悪得徒、走者一塁。

逆境も逆境だが、希望は繋がっている。

「大事ない。案ずるな」

天明は小声で颯馬に呼びかける。そうすると、跋杜に込める力が戻ってきた。

蓮華なら……こんなときは、笑うのだろう。

頭に浮かべながら、唇に弧を描いた。

「気張っていくぞ」

天明は打席に入る。

跋杜には、皇帝龍団の想い。そして、凰朔国の行く末——蓮華との未来がかかっている。決して、蛸のためではない。

身体は軽くない。

だが、闘志は絶えなかった。

蓮華、待っていろ――。

天明は高らかに、跋杜の先端を天へと突き出した。

送りバント　大阪マダム、崇められる！

一

　煌びやかな部屋。

　鮮やかな衣。

　卓いっぱいに並んだ食事。

　毎日沐浴し、花の香油をたっぷりと塗り込んだ肌はツヤツヤだ。しっかり食べているせいか、最近は贅肉が気になってきた。それでも、豪華な着物や化粧を施すと、美姫に見えるので不思議である。

「張り合いないわ……」

　蓮華は頬杖をつき、嘆息する。

　目の前には、立派な盤と石があった。凰朔国版の囲碁だ。退屈そうな蓮華のために、哉鳴が置いていったのだが……すでに飽きている。というより、こういうゲームは性にあわない。

「蓮華様……」

囲碁の相手をしていた陽珊も目を伏せる。

地下牢からこの部屋に移されて、数ヶ月が経過していた。外は雪で彩られ、冬の寒さがしみる。

後宮にいるときは、体力づくりと称して、芙蓉殿のみんなで雪合戦をしていた。雪玉を容赦なくビュンビュン飛ばして笑いあって……運動で身体を温めたあとは、火鉢の周りでおやつを食べたものだ。下働きも女官も区別なく、楽しく過ごしていた。

つい去年までの話なのに、すでに遠い記憶となっている。

室内を暖めるための火鉢が、パチパチと音を立てていた。蓮華は早々に囲碁の勝負を捨てて、火鉢に歩み寄る。

「お餅、焼きたいなぁ……」

凰朔の餅は、小麦粉で作ったパンに近い食べ物だ。そうではなく、臼と杵で米をついて丸めた、日本の餅が食べたい。傑と相談して、今年の冬は餅つきをしよう！　と、企画していたのに。

もっとも、傑とは角餅か丸餅かで揉めていたのだが。関東は角餅、関西は丸餅が主流だ。角餅のほうが作りやすいだろうが、蓮華は一個一個丸めた餅が好きだった。

「鴻蓮華様」

あいかわらず、女官たちは蓮華に素っ気ない態度だった。「ロボットかいな」と言いたくなるような表情で、食事の準備をする。

「………………」

大して運動していないので、お腹も空かなかった。蓮華は期待せず大人しく席につく。が、すぐに蓮華は眉根を寄せる。

並んでいる料理が、いつもとちがう。無駄に豪華な宮廷料理ではなく……もっと、蓮華に馴染み深いもの。

「これって……！」

蓮華がつぶやくと、女官たちと入れちがうように入室する青年があった。哉鳴だ。

「お気に召しましたか？　後宮に置き去りになっていた道具を持ってこさせました」

蓮華の前に出された料理は、お好み焼きだった。平べったく焼いた生地に、特製ソースが塗られ、青のり、花鰹、マヨネーズがトッピングしてある。

毒味を何人も通したためか、冷めているようだが、食欲をそそる香りは蓮華のソースでまちがいない。これも後宮にストックしたまま、放置されていたものだろう。攻防戦のときは必死だったし、そのあとも、おそらくソースを持ち出す余裕などなかった。

「よかった。気に入ってくれたのですね」

「…………」

無意識のうちに、蓮華の口元が緩んでいた。

哉嗚とは極力、口を利かないようにしている。蓮華は無言のまま、唇をプイッと曲げた。

隣で陽珊が毒味をする。

「毒はありませんが……」

お好み焼きを口にして、陽珊が顔をしかめる。毒がないなら問題ないはずだが、口調が重い。というより、ちょっと怒っているようだった。

蓮華は不思議に思いながら、お好み焼きに箸を入れる。

が、その瞬間に、陽珊が言葉を濁した理由を察した。

「かっった……！　なんやこれ！」

そう。お好み焼きが固い。生地がカッチカチなのだ。冷めているから不味いのではなく、根本的にお好み焼きを理解していない！

いくらソースや具材が同じでも、これではお好み焼きとは言えなかった。

粉もん、舐めたらアカンで！

「こんなん、お好み焼きやない」

哉鳴とは口を利きたくないが、蓮華は切り出さずにはいられなかった。

「鉄板、ここに持ってきてや。あと食材も」

蓮華は言いながら、襦裙（じゅくん）の袖をまくる。察した陽珊が、長すぎる袖をうしろで結んでくれた。

「ほんまもんのお好み焼き、作ったるわ！」

哉鳴は、ポカンとした表情で蓮華を見ていた。

絢爛豪華な部屋のど真ん中に鎮座するのは、アッアッに熱せられた鉄板である。炭火をセットして、温度調節も完璧だ。芙蓉殿で使用していた機材なので、慣れたものである。

「なんで失敗したか、教えたるわ」

蓮華は言いながら生地を示す。

「まず、水分が少なすぎや。あんな、粉だらけやとカッチカチになって当然やろ。出汁の量がちゃうんや！」

蓮華は適切な粉と出汁の量を調節しながら混ぜあわせる。一応、店舗用のマニュアルどおりでも完成するのだが、調味料や食材によって微調整するのがポイントだ。凰朔の野菜は固くて水分が少ないので、それを見越した量にしてやる。

具材もたっぷり入れた。あまり生地が重くなると返せないが、蓮華の経験値なら問題ない。

じゅわー。

薄切りの豚肉を敷き、生地を鉄板に流し込むと、湯気が立ちのぼった。

「表面が乾いてきたら、いったん引っくり返す……っと」

手際よく、蓮華は生地を返した。もう何ヶ月も触っていなかったけれど、身体が覚えている。

「ふわふわにするには、ここで生地を押さえつけないのがポイントや。潰れてまう」

焼けた頃合いに、鉄板のうえでソースを塗って……青のり、マヨネーズをかけ、花鰹も踊らせた。

「はい、まいどありー！　お待たせしました！」

蓮華はつい癖で、皿を哉鳴に差し出してしまう。接客スマイルも添えて。

すぐに、「あ、しくった！」と思い直すが……皿は引っ込められない。

「た……食べてみぃ。これが手本や」

ばつが悪くなりながら言うと、哉鳴は蓮華から皿を受けとった。

「そのような顔を、久しぶりに見ましたね」

「大きなお世話や」

蓮華はすぐにうつむいて、次のお好み焼きを作る。陽珊と蓮華の分だ。

「では、お先にいただきましょう」

一方で、お好み焼きに箸を入れる哉鳴の反応も気になった。やめておこうと思いながらも、チラチラと視線を向けてしまう。

「……別物ですね」

哉鳴は驚いたような表情を作る。今までの、感情を隠した薄気味悪い顔ではなく、素のままの反応のようだ。

「ここまでちがいが出るのですか」

同じ食材なのに。そう言いたげだった。

蓮華は胸を張って笑う。

「せやろ。主上さんは、ペロッと二人前食べてたわ」

ついそんなことまで口を滑らせてしまった。陽珊が横目でチラリと見てくるが、呆れたように息をつくだけだ。蓮華の性格上、この場面で黙っているのは無理だと理解されている。

「二人前……」

哉鳴は急に箸を止め、なにかを考え込む。

どうしたのかと思っていると、やがて、哉鳴は口元だけの胡散臭い微笑を蓮華に向けた。

哉鳴の笑い方は、母親である齊玉玲に似ている。とくに、目の細まり方が玉玲そっくりだった。

ゆえに紫耀と名乗り、正体を隠していたころは、意図して口元にだけ笑みを貼りつけていたらしい。

哉鳴であることを明かしてからは、目元まできっちり笑うようになっていたのだが、癖なのだろう。ふとした瞬間に、以前の笑い方に戻っていた。

「では、僕にも二人前ください」

哉鳴は、まだ食べ終わっていない皿を示した。お好み焼きは半分ほど残っているが、大丈夫だろうか。

「え？　そら、ええけど……」

黙々と美味しそうに粉もんを頬張る天明よりも、哉鳴のほうが食べ方が大人しい。上品さはどちらもあるのだが、食いつき方が異なる……こう見えて、哉鳴も大食いなのだろうか。蓮華は半信半疑で、自分用に焼いていたお好み焼きを、追加で差し出した。蓮華の分は、また焼けばいい。

「陽珊もお食べ」

蓮華は陽珊に皿を渡し、もう一枚仕込む。

「いいえ、蓮華様より先にいただくわけには……私は自分で焼きますので」

「かまへん、かまへん。気にせんといてや。うちが陽珊に食べさせたいんや」

蓮華は笑いながら、陽珊の申し出を断った。そうして、お好み焼きをもう一枚焼く。久しぶりなので、こうしているだけで楽しいのだ。あー、たこ焼きも回したい。もちろん、蛸入りで!

「やっぱ、無理なんちゃう?」

お節介とわかっていながら、蓮華は哉鳴の皿を確認した。一枚は食べられたようだが、二枚目の箸があまり進んでいない。

いくら美味しくても、お好み焼きはなかなかのボリュームだ。凰朔国の料理とは味つけが異なるし、男性でも慣れていないと大食いできない。

「そんなことはありませんよ」

哉鳴は表情のない声で答え、生地を大きめに切り分けた。

なんか……らしくないやん?

蓮華は哉鳴に対して、もっと酷薄な印象を持っていた。こんなムキになっている様が意外で、蓮華は違和感を覚えてしまう。もっとも、哉鳴の人となりを知っているわけではないのだが。

知らんけど、っちゅうんは簡単やけど。

「もしかして……主上さんに張り合うてる？」

違和感をそのまま口にしてみた。

「皇帝は僕ですよ」

哉鳴はあからさまに唇を曲げる。以前も、蓮華が天明のことを「主上」と呼ぶと、わざわざ訂正していた。

たしかに、天明は梅安から逃亡して行方不明で、実質的な皇帝は現在、哉鳴だった。けれども、哉鳴は正式な手続きを踏んで即位していない。蓮華は断固として、彼を皇帝だとは認めなかった。

「うちにとっての皇帝は、主上さんしかおらへん」

もはや、「主上さん」は皇帝への敬称ではなく、天明の愛称と化しているのは否めないが。

「やっぱ、張り合うてるんやろ」

「そう見えますか？」

「まあ……」

蓮華は自分のお好み焼きを皿に盛り、食卓についた。待ちわびていたとばかりに腹の虫が鳴って、口内に唾液が溜まる。さっきまで、まったく空腹など感じていなかったのに、不思議なものだ。

　お好み焼きを頬張ると、お口が幸せになる。ふわっとした生地は、我ながらベストな配分だ。甘みとスパイシーさを併せ持ったソースと、生地に混ぜ込んだ出汁の風味が絶妙にマッチしている。

「は～。幸せや～……」

　久しぶりに食べるお好み焼きは最高だった。脳内でスタンディングオベーションが鳴り止まない。いくら贅沢な品に囲まれても満たされなかったけれど、粉もんがあったら、もう少しがんばれる。

　しかし、一つ満たされると、二つ、三つと、次々に欲しくなる。それが人間というものだった。

　蓮華はいったん箸を置き、哉鳴に視線を向ける。哉鳴は、ようやく二人前のお好み焼きを食べ終わったところで、苦しそうな表情をしていた。やっぱり、多かったようだ。

「みんなは……元気なんやろか」

　外の様子が知りたい。

　とにかく、情報が欲しかった。後宮の妃たちは、どうなったのだろう。政変があって、街の様子は変わったのか。鴻家の人々は……？

みんなに会いたい。元気な姿だけでも確認したかった。

蓮華が一人で皇城から逃げ果せるなんて、甘い考えは持っていない。情報を集めても無駄かもしれないが、今まで関わった人の無事くらいは教えてもらってもいいのではないか。

「逃げたりせんから、外に出られへん……？」

駄目元で問うと、哉嗚は涼しげな顔で首を横にふった。最初からわかっていた反応である。

「べつに、阪神の先発ピッチャー教えてとか無茶言うとるわけやないんやから」

「阪神……？」

「まあ、気にせんといて。なんとかならへんの？」

蓮華は言葉を重ねるが、哉嗚の反応はよくなかった。

「あなたを人目にさらすわけにはいかないのです」

「そこをなんとか……」

言い方が微妙に引っかかる。

蓮華に情報を与えたくない、というより、蓮華を外に出すと不都合があるようだった。誰かに蓮華を見られたくないのだろうか。もしかして、蓮華は処刑でもされた設定なのか。

「主上さんなら、なんとかしてくれるんやけどなぁ……？」

蓮華はつぶやきながら、お好み焼きを口に運ぶ。

するとと、哉嗚がわずかに指を動かした。トントントン・ツーツーツー・トントントン……なにかの暗号みたいで、妙に引っかかる。ほんまなんやねん、これ。

「……わかりました。なんとかしましょう。一日だけですよ。監視をつけますし、僕も一緒です」

「え？　ええのん？」

思ったよりも、あっさり了承されて蓮華は拍子抜けする。

やっぱり、この人……主上さんと張り合うとるんかも。

天明の名を出した途端に、これだ。直感が確信に変わった。哉嗚は、何事も天明のうえを行きたい……コンプレックスのようなものを感じる。

「えらいおおきに！」

とはいえ、外に出られるのは喜ばしい。制限つきだと、どのくらい情報が集まるか怪しいところだが、まあいい。

ここにいるよりは、数百万倍マシやろ！

二

結論から言うと、哉鳴は約束を守った。顔を隠して、護衛という名の見張りを何人もつけられることが条件だが、蓮華に外出許可が出る。

「蓮華様、お気をつけて……」

陽珊が心配そうに蓮華を見送った。出られるのは蓮華だけで、陽珊は留守番なのだ。陽珊は目に涙をためて、蓮華の手を強くにぎった。

「そんな、今生の別れやあるまいし。大袈裟(おおげさ)やで」

「しかし……」

陽珊は、やはり心配そうだ。

一応、蓮華は天明の子を妊娠しているという設定で過ごしている。普段の食事も行動も、陽珊から指導を受けていた。つわりを装って水菓子(フルーツ)を多めに食べているし、妊娠による身体の変化を誤魔化すために、女官を退けて彼女が着替え一式を手伝ってくれている。

蓮華には、前世を含めて妊娠の経験がない。陽珊がいなければ、ボロを出す可能性が高かった。彼女と離れて行動するのは、それだけで大きなリスクだ。

「大丈夫や。顔隠さなあかんらしいし、そんな長居もせぇへんから。ちょーいと行って、帰ってくるだけやって。みんなの様子知れたら、陽珊にも話したるさかい」

蓮華はぽんぽんっと、陽珊の肩を叩いて笑った。陽珊は、まだなにか言いたげにしていたけれど、しばらくすると蓮華の手を離す。

「いってくるで」

「はい……いってらっしゃいませ」

陽珊に背を向けると、衛士（えじ）が二人、蓮華を挟むように近づいてくる。護衛という名の見張りだ。街にも出るというのに、大刀など持って厳（いか）めしい。市民を威嚇でもする気か。しかし、文句も言えなかった。

蓮華は頭に被（かぶ）った帽子をなおす。ベールのような薄い布がついており、ちょうど顔が隠れる状態になった。服装はもちろん、虎柄など禁止されている。「さる高貴なお姫様っぽい見た目」だ。

皇城の回廊も、久しぶりに歩く。

政変があってから時間が経ったせいか、ガラリと印象が変わっている。焼け落ちた建物は綺麗に直され、官吏たちが行き来していた。いやに慌ただしくて、みんな仕事に追われている様子だ。

多くは蓮華の知らない者ばかりで、官吏が総入れ替えになっているのがわかる。前と同じ顔ぶれは、おそらく……考えんとこ。

鴻家のお父ちゃんや朱燐は、どうしてるやろ……。

「お綺麗ですよ」

皇城を出ると、哉嗚が待っていた。

「それ、皮肉？」

蓮華は顔を隠しているし、衣装だって向こうが選んだものだ。お綺麗ですよと言われたって、嫌みに感じられた。飴ちゃん持ってても、あげへんわ。

「そう聞こえてしまいましたか？」

哉嗚はニコリと笑って、蓮華に手を差し出す。

蓮華は口をへの字に曲げ、プイッと顔をそらしながら大股で歩く。エスコートなんて望んでいない。

「まずは後宮を見ますか」

わざと無視したのに、哉嗚は気安く語りかける。外に出してくれたのは感謝しているけれど、彼は敵だ。しかも、蓮華を妃にしたいと抜かしている。

でも……蓮華の脳裏に、お好み焼きを食べる哉嗚が浮かんだ。天明と張りあって、無理をしている姿は、薄気味悪いと思っていた彼の印象を覆すものだった。

「紫耀さ……いや、アンタはなんで、皇帝になったん?」

我ながら愚問だった。哉鳴は生まれてすぐ、遼家によって後宮の外に連れ出され、秘密裏に養育された皇子だ。遼家の駒となるため。そして担がれ、今の地位に立っている。

けれども、蓮華には……それが彼の意思に見えたのだ。

実際、哉鳴が政変を起こしてから、すぐに育て親の遼博宇が亡くなっている。病死と聞かされたが、そんなはずはない。

哉鳴は自らの手で政を動かす気なのだ。

「さあ」

哉鳴は薄ら寒い笑みで肩を大袈裟に竦めてみせる。

「どうしてでしょう?」

そこに感情などのっていない。いや、意図的に排除している。哉鳴の言葉に、蓮華の求める答えはなかった。

なのに、無視できない。

あー……悪い癖や。

蓮華は軽く帽子を被りなおしながら、哉鳴から目をそらす。天明にバレたら、「お前は……」と呆れられるだろう。陽珊からも、「蓮華様の弩阿呆(ドアホ)！」と、どやされるのが目に見えている。

お節介。いいや、余計なお世話というのだ。蓮華は哉嗚に、余計なお世話がしたくなっている。

哉嗚の行動原理が知りたいし、理解したい。そのうえで、なにか助けになれたら……天明とも和解できないだろうか……そんなことを考えている。

今回ばかりは、自分でも呆れてしまう。

「あ……」

皇城の庭を進むと、門が見える。後宮へ続く、宦官(かんがん)たちが使用している門だ。催事のとき、蓮華もよく利用させてもらった。

外側から門が叩き崩され、ひどい有様だ。秋の出来事だというのに、雪のせいで何年も前から放置された廃墟(はいきょ)に見えてしまう。

蓮華は無意識のうちに、歩調を速めた。

「誰もおらん……」

門を抜けて現れた後宮の景色は、雪に埋(うず)もれていた。

誰も生活していないので、雪かきもされておらず、浦島太郎の気分だ。

「後宮のみなさんは、あなたの要求通りに解放しましたから」

哉鳴が事もなげに説明した。

　蓮華は自身の身柄を引き渡す代わりに、後宮と皇城の官吏たちの安全を要求した。だから、皇城を歩く官吏の顔ぶれが変わっていたり、後宮がもぬけの殻だったりするのは、当たり前なのだ。

　皇城が慌ただしく感じたのは、人手不足なのかもしれない。大量に解雇された結果、動ける人材がいないのだ。

　もしかすると、蓮華が考えているよりも、哉鳴の側には余裕がないのでは?

「市井も見せてくれへんやろか」

「内城でよろしいでしょうか」

　梅安は三つの壁で区分されている。最も内側は宮城で、皇城や後宮を含めた宮廷を指す。内城には、貴族や裕福な商家の邸宅が建ち並び、外城では庶民が暮らしを営んでいる。基本的には、外側へ行くほど貧窮しており、治安も悪い。

「鴻家の様子が知りたいんや……内城の実家と、外城の商業区にある店舗を見させてもらえへん?」

　鴻家の拠点は主に内城だ。しかし、蓮華が後宮へ入る前にまかされていた飲食店は外城にある。みんながどうしているのか、少しでも情報がほしかった。

「かまいませんが」

哉鳴は言ったあとに、やや間を空ける。

「鴻柳嗣をはじめとした鴻家の人間は、現在、行方がつかめていません」

「…………!?」

そんなん、初耳や！

「無駄かもしれませんが、行きますか？」

問われて、蓮華は絶句する。

柳嗣はどこかへ逃げたのだろうか。解放されたとはいえ、彼は高官となっていたし、正妃を名乗る蓮華の父親でもある。たしかに、身を隠すのは当然だろう。

とにかく、情報収集が必要だ。なんでもいいから知りたい。

「行きたい……」

行かせてくれると言っているのだから、ここは甘えるべきだ。

どうせ、タダや。金払わへんし！

三

街の雰囲気は、あまり変わっていないようだ。

外城に設けられた商業区は、活気に満ちている。市場では人々が行き交い、西域からの商人も多い。

蓮華の知る街の姿だった。

ひとまず、蓮華は胸をなでおろす。もしかすると、梅安全体が貧民街のような有様になっているのではないか。そんな懸念を抱いていたのだ。しかし、さすがに、数ヶ月でそこまでの変貌は遂げない。

蓮華は馬車の中で、顔を隠しながら外を見てホッとする。

「それにしても……お父ちゃんたち、ほんまにおらんかった……」

内城に建てられた鴻家の屋敷にも行ってみたところだが、哉鳴の言うとおり、屋敷には誰もおらず、立ち入ることすらできなかった。荒れ放題とまではいかないものの、空き家であるのは、すぐにわかる。

「店はどうやろか……?」

馬車の窓から、蓮華は猛虎飯店の外観を確認する。こちらも、看板がおろされており、誰も出入りしていない。店仕舞いしてしまったのだろう。

事前に聞かされていたはずなのに、目の当たりにするとショックだ。疲労感が増し、大きなため息が出る。

加えて、蓮華は市場の変化に気づいた。

物価があがっとる……。

店先から漏れ聞こえてくる値段が高騰していた。たしかに、冬季は物流の関係で物価はあがり気味だが、それにしたって、例年より数倍の値がついている。

「ご希望どおり、お見せしましたよ。帰りましょうか」

哉鳴が微笑んで、駁者に帰還の指示を出した。本当はもっといろいろ観察したいのだが、蓮華に拒む権利はない。

「市場の物価があがっとるみたいやけど、まさか増税したん……？」

不安要素を取り除きたくて、蓮華はひかえめに問う。

哉鳴は初めて、街の景色に視線を移した。蓮華に聞かれるまで、気にしていなかったようだ。

「いいえ、僕はそのような命を出していませんよ」

「せやったら、なんで……」

理由もなく物価は上昇しない。

「今年は特別に不作があったわけではありません。考えられるのは、物流の停滞でしょうか。西域との貿易を担っていた鴻家が雲隠れ。その利益にあやかっていた他の商人たちにも被害が出たのでしょう」

思った以上に、梅安で鴻家の経済的影響が強すぎた。つまり、大企業が倒産して国中の経済が大打撃を受けた状態だ。

「それだけやないやろ」

舐めんといてや。蓮華は毅然とした態度で哉嗚を睨みつけた。

「国内の物流にも問題があるんや……貴族たちが勝手に関税をかけとるんやないの?」

領内を通過する商人から、貴族たちが各々通行料を徴収しているのだと、蓮華は踏んでいた。

「あなたは聡明ですね」

「大阪マダムを甘く見んといて。金勘定は三度の飯より好きや」

天明のときは、個別の関税なんてなかった。

「関税について明記された法はないのです。ただ、慣例的に徴収されなかっただけ。どうして、いきなり貴族たちが徴収することを考えたと思いますか?」

「それは……えっと……締めつけが緩いんとちゃいます?」

「天明が禁止しようとしたからですよ」

哉嗚は事もなげに告げる。

明文化されていない法は、抜け穴をつきやすい。天明は貴族たちの間で関税が常態化する前に、禁止の法案を通そうとしたのだ。結果、彼が梅安から逃亡した今、逆に貴族たちが当たり前のように税を徴収するようになってしまった。

「禁止しようとすれば、人は反発するものです」

「主上さんのせいやって言うん？」

「そうとも言える、という話ですよ」

天明は他にも、官吏登用制度の整備や、貴族への徴税など、大がかりな改革を進めていた。今回の政変に多くの貴族が加担したのは、その反動だ。

「主上さんは間違ってへんのに……」

蓮華は、天明の作る世が見たい。

天明なら、凰朔をいい方向に導いてくれると信じられる。

なのに……。

「民衆に優しい政だと思いますよ。理にもかなっている。成功していれば、名君だと讃える民は大勢いたでしょうね」

「せやったら――」

「だが、駄目だ」

哉嗚は断言して、脚を組み替える。天明の失脚について語る彼は、普段より生き生きとしていた。まるで、自分のほうが上だと示したいかのように。

「制度の破壊には反発があります。性急に進めると、不満を抱く者が現れる。天明はそれを理解していなかった。ゆえに、貴族たちに反旗を翻されたのです。大人しく彼らの機嫌をとっていればよかったんだ」

哉嗚の言うことにも一理ある。天明の改革によって、貴族たちの力が削がれるのは自明だった。

「せやからって、弱い民衆を押さえつけたままにするなんて……」

「強い者を味方にするほうが合理的です」

蓮華は前世の世界史を知っている。たしかに、市民は弱い存在だ。けれども、締めつけ続けた結果、彼らは力をあわせて立ちあがり、王政を打倒する革命を起こした。いわゆる市民革命である。

強い押さえつけは、必ず反抗心を生む。弱者だからと侮ってはいけないのだ。長い目で見れば、庶民に対する緩和は実を結ぶ。だが、これは世界史を知る蓮華の思想だ。革命など起こったことがない世界の人間には理解できないだろう。

天明だって、ただ優しいだけではない。

ちゃんと政治を考えていた。民に優しい政治を謳(うた)いながら、貴族から力を奪うことで、中央集権国家を作ろうとしたのだ。そのほうが国を統治しやすい。

「理想論ですよ。現実は上手くいかなかったでしょう?　賢く動かなくては」

哉嗚は唇の端を持ちあげた。

いけ好かない。蓮華は、やっぱり彼を好きになれなかった。

「なら……自分、どんな政がしたいねん」

以前に、蓮華は男装した姿で遼博宇にマニフェストを問うた。民衆から搾りとり、財政が回らなくなれば他国を侵略して領土を奪えばいい。それが遼博宇の政であり、凰朔貴族も多数が、これに賛同していた。

でも、蓮華はまだ哉嗚のマニフェストを聞いていない。

「皇帝を自称するなら、スラスラ言えて当然やろ？　主上さんは、国の太平と人民の平穏を掲げとった。アンタには、なんかある？　ただ貴族のご機嫌とって、皇帝ごっこを楽しむだけ？」

蓮華のまっすぐな問いに、哉嗚は目を見開く。とっさに返せないのか、しばらく無言だった。

挑むような気持ちで、蓮華は哉嗚を睨み続ける。

「…………？」

だが、不意に馬車の進行が止まった。

急な停止に、蓮華は哉嗚から視線を外してしまう。

「どうした？」

哉嗚が馭者に問いかけた。

「申し訳ありません。進路を塞ぐ者が……」

蓮華はヒョイッと腰を浮かせて、窓から前方を確認する。

「この！　名なしの芥が！」

ベシィンッと響いたのは、なんの音だろう。日常的に聞かない音なので、蓮華は連想が遅れてしまった。

身を乗り出すと、もう少しよく見える。

立派な袍服をまとった男は、一目で裕福な家柄だと推測できた。貴族かもしれない。

「あかん……！」

貴族の男が手にしているのは、革の鞭だ。

それを細身の小男に向けて振りおろすところであった。小男のほうは、襤褸を着ており、身分のちがいがはっきりわかる。さきほど、名なしとも聞こえてきた。

「ぐ……や、やめ……」

小男は必死に鞭から逃げようと、道に尻餅をついている。そのせいで、馬車の進路が塞がれたのだと理解した。

身分社会の凰朔では当たり前の光景……だが、蓮華は違和感を覚える。

以前なら、名なしと呼ばれる市民は抵抗しなかった。許しを乞いながら、じっと鞭打たれる者が大半だったろう。少なくとも、蓮華はそういう場面を多く目にしていた。だから、逃げようとする小男に引っかかった。

それに、周囲の視線も気になったのだ。主に、貴族の男に向けられる視線が、以前とは明確に異なっていた。

二人を見る市民たちの目が冷たい。

反感を抱いている。

市民たちは、暴力を日常のものとして受け入れず、目の前の貴族に嫌悪を示していた。貴族の男は気づいていないが、周りの雰囲気が物々しい。

このままでは……暴動になる。

「これ、あかんやつやろ！」

蓮華は直感すると、身体が勝手に動いていた。窓から外に飛び出し、勢いで地面に降り立った。これくらいはなんともないが、運動不足のせいか、一瞬だけ足元がふらついてしまう。

「いけない……！」

哉嗚の呼び止める声を背に、蓮華は構わず地面を蹴った。

「それ以上は、あかん！　やめや！」

蓮華は叫びながら、貴族と小男の間に立つ。直後、頭部に衝撃が走り、被っていた帽子が落ちた。

最初は殴られたような鈍い痛みだったが、だんだんと感覚が鮮明になってくる。前頭部に鞭を受けたのだと、蓮華は遅れて理解した。幸い、帽子越しだったので、動けないほどの痛みはない。

「無闇に手をあげるもんやない！」

蓮華は貴族の男を正面から睨みつけ、声を張った。

「な、なんだ、貴様は！　文句があるのか！」

「文句あるから出てきたんや！」

突然、蓮華が割って入って貴族は狼狽えていたが、やがて、顔を真っ赤にして激昂する。

蓮華は怯まず、両手を広げた。

「おい、あれって……」

「あのしゃべり方……」

周囲がざわざわとうるさくなってきた。この段階になって、蓮華は帽子が外れ、顔をさらしていることに気がつく。

しくったわ！

蓮華は顔を隠そうと手で覆うが、もう遅い。

「正妃様だ……！」

誰かが叫んだのを皮切りに、大勢の視線が集まった。本当は正妃などではないのだが、そう呼ばれたのは天翔祭での神輿が原因だろう。

それに、蓮華は野球や漫才、屋台の経営で顔が知れている。とくにここは商業区なので、後宮に入る前の蓮華と顔馴染みの者も多い。

顔を隠せという約束を破ってしまった。蓮華は慌てて、馬車へ戻ろうとするが、その行く手を阻むように、人々が集まってきた。

「正妃様、どうかお救いください!」

「もう限界です。ご慈悲を……」

「ああ……ああ……正妃様じゃ……ありがたや……ありがたや……」

「正妃様、この子をなでてやってください。ご加護を」

はい?

な、なんや、この反応?

人々は蓮華に傅き、両手をあわせて拝みはじめた。まるで、神や仏に対する態度である。

蓮華は後宮の妃だったので、外城の人間にとっては殿上人かもしれないが、以前まではこんな反応ではなかった。物珍しい妃として面白がられて……どちらかというと、見世物だ。蓮華自身も実態をよく理解していたし、それでいいと思ってサービスもしていた。

だから、これは想定外だ。蓮華はどうすればいいのかわからず、一歩二歩と、うしろへさがるが、囲まれてしまって逃げられない。混乱に乗じて、貴族の男がその場から離れていくのが見えた。

「正妃様は万能であらせられる……猛虎団の言ったことは、本当だった……!」

猛虎団?

猛虎飯店ではなく、猛虎団?　蓮華の頭に疑問符が浮かぶ。

「どけ!」

群がる民衆を無理やり押しのけるように、馬車が進んできた。蓮華がのっていたものである。開いた扉から、哉鳴が手を伸ばしていた。

ここで拒むと、轢き殺される人が出るかもしれない。蓮華は急いで馬車へと走り、飛びのった。

「ああ、正妃様!」

「見捨てないでください……!」

追いすがる民の声に後ろ髪を引かれるが、振り切るように馬車の扉を閉めた。

蓮華は額から流れた汗を拭き、一息つく。

「な、なんやったんや……あれ……」

けれども、すぐに哉鳴が険しい表情を浮かべているのに気がついた。こんな顔を見るのは初めてで、蓮華はポカンと口を半開きにする。

「どうして」

哉鳴はそう言って、蓮華の額に触れた。蓮華は逃げようと身構えたが、押さえつけられてしまう。

「あ……」

哉鳴の指に赤い血がつく。

蓮華の額から流れていたのだ。自分の袖を見おろすと、同じ色に染まっていた。さきほど、貴族に打たれたときだろう。たしかに痛かったが、怪我(けが)をしているとは思っていなかった。

約束を破ったことや、顔を晒したことよりも、蓮華の怪我について心配されている。哉鳴らしくない——いや、蓮華は哉鳴をよく知らない。彼らしくないと定義する材料が少なかった。

「ごめんやで……」

蓮華は一言つぶやいて、袖を額に当てた。顔には毛細血管が多いので、大した傷でなくとも出血する。

「僕は、誰にも顔を見せるなとも言いましたよね」

ようやく約束を破った件について言及され、蓮華はばつが悪くなった。

「その約束って……もしかして、〝猛虎団〟っちゅうのに関係あるん?」

さきほど聞きかじった言葉だ。市民たちの反応が明らかにおかしかったのは、猛虎団が関係あるのではないか。そして、哉鳴が顔を見せるなと言った理由も、たぶんそこに繋がっている。

「知らなくてもいいことです」

「このままやと、気になりすぎて夜しか眠れへん」

「夜が眠れるならいいのでは?」

「はっ……つい、口からボケが!」

息を吐くようにボケてしまい、蓮華は口元を押さえた。哉鳴の前で、こんな表情をしてみせるのは初めてかもしれない。べつに、気を許したわけではないのだが……性(さが)だ。人と話していると、ボケツッコミしたくなる。

「……猛虎団は、都を騒がせる賊です。僕の側についた貴族の屋敷を襲い、奪った金品を民衆に撒(ま)いているのです。殊(こと)に頭領は足が速く、追いつくことさえむずかしいという話ですよ」

つまり、鼠小僧(ねずみこぞう)というわけか。あくどい金持ちから盗んだ金を貧しい者に分け与える義賊。市民の支持を得やすい存在だろう。

「猛虎団は、あなたを天から遣わされた仙女であると宣伝しています」

「仙女ぉ？　仙人みたいなぁ？」

蓮華は目をパチクリさせた。

「天明よりも、あなたのほうが民衆に人気があるからでしょう。ただ都合よく鴻蓮華の名を利用されているだけですよ」

蓮華は民衆に向けた興行をいくつも行っていた。そのせいで顔が売れ、民衆との距離も近かったのだ。蓮華に機会を与えられ、野球で大活躍するだけでなく、官吏となった朱燐も貧しい身分の出身だった。広告塔として利用するなら、天明よりも都合がいいのかもしれない。

哉鳴の説明に、蓮華は納得した。

猛虎団が天の使者として蓮華を布教した結果が、あの反応だ。国が乱れると宗教に縋(すが)りたくなる。民の不安が顕(あらわ)れているようだった。

「さあ、帰りますよ。手当てしなくては」

哉鳴はそれ以上の説明を避けるように、話を切りあげる。

額に当てた袖を外すと、血の滲みが小さくなっていた。止血できたのだろう。

「大したことあらへんし、大丈夫やと思うけど」

「あなたは身重ではないですか」

哉鳴に指摘されるまで、その設定を忘れていた。

蓮華は冷や汗をかきながら、お腹をさする。あんなに激しく動いたが、いまはつわりで気分が悪いという設定だった。

「あは……あはは……せやった。無理しすぎたかも……お腹痛い。あいたたた」

陽珊がいないと、演技が白々しくなってしまう。蓮華は痛がるふりをしながらうつむき、哉鳴の視線から逃れた。哉鳴はとくに追及しないので、きっと誤魔化せたはずだ。

それにしても、いなくなってしまった鴻家の人々はどこにいるのだろう。

結局、後宮のみんなが無事に暮らしているのかもわかっていない。

これから、どうなってしまうのか。

答えが欲しくて窓をながめても、曇天から白い粉雪が舞うばかりだった。

四

外出の日から、蓮華の生活は少し自由になった。

部屋に持ち込んだお好み焼きの鉄板は、没収されずにいる。それだけではなく、たこ焼き器も、使用許可がおりた。

粉もんが解禁されただけで、ちょっとは彩りが出るというものだ。味気なかったほかの食事も、それなりに美味しい気がする。服のセンスや、無愛想な女官たちの態度も許せるようになった。

「で、なんで今日も来てんねや……」

あいかわらず、蛸のないたこ焼き。慣れた手つきでくるくると回しながら、蓮華はため息をついた。

「美味しくて、つい。好きになりました」

哉鳴はニコリと白々しい笑みを浮かべて、頬杖をついている。彼は毎日、蓮華の顔を見にきていた。最近は、わざわざ食事時に訪れて、粉もんを二人前注文して食べて帰る。

「ほんまかいな」

毎度、苦しそうに粉もんを完食する哉鳴を思い出し、蓮華はジトリと疑いの視線を向けた。

「美味しいとは思っていますよ」

自分の前に置かれた皿を見おろして、哉鳴は言う。が、たこ焼きは半分ほどで箸が止まっていた。

彼は天明ほど大食ではない。身体能力も高く、栄養不足というわけでもないので、燃費効率がいいとも評せる。短所ではなかった。

なのに、哉鳴は毎日、蓮華の粉もんを二人前注文する。その意味を考えて、蓮華はため息をついた。

「やっぱ、主上さんと張り合うてるやろ」

「主上は僕ですよ」

「もうええねん。敬称やなくて愛称みたいなもんやと思てや」

いちいち訂正されるのも面倒くさい。だからと言って、こちらが譲歩するのも癪だ。

「頑固ですね」

「どっちの話や」

やはり、哉鳴は天明に異様な対抗意識を持っていた。

これは……少し似ている。

最黎皇子に焦がれ、帝位を譲りたいとねがっていたころの天明にそっくりだ。真逆の感情かもしれないけれど、この強情さは共通するものがある。

母親がちがっても、彼らは兄弟なのだ。

「……主上さんが持っていたものは、全部欲しい。帝位だけやない。粉もんだって、うちのことだって。主上さんのものは、みんな手に入れてしまわな気が済まへん。そんなところやないの？」

こんな言い方をしたら、哉鳴は怒るだろうか。だが、蓮華の予想とは逆に、哉鳴はいつもと変わらない笑みを蓮華に向けている。

母親である齊玉玲と、よく似た笑い方。

きっと、亡くなった最黎皇子にもそっくりなのだろう。

「そうですよ」

哉嗚は思いのほか、アッサリと蓮華の推測を肯定する。

「そんなんで、よう……うちを妃にする〜なんて、言えたな。ねがいさげや」

哉嗚が本気で蓮華を妃に迎えたかったとしても、承諾する気はなかった。単なるプライドの問題なら、なおさらだ。

「天明のものは、全部欲しい。僕は奪われ、なにもないのに、天明はすべてを持っている。不公平だと思いませんか？」

哉嗚は、そう言いながら、たこ焼きを口にする。もうお腹いっぱいだろうに、ねじ込むように食べていた。

「主上さんは、自分で望んで皇帝になったんやない。あの人は、なんも欲しくなかったんや……全部、最黎皇子に捧げるつもりやったのに」

「わかっていますよ。だからこそ、奪いたくなる」

「……自分と同じように？」

哉嗚は皇子として生まれたものの、生後間もなく、遼博宇によって後宮の外へ連れ出されている。待っていたのは、皇子の人生ではなく、遼家のために生きる駒の役割だ。

どんな気持ちで、今まで生きてきたのだろうか。

遼博宇が死んだ今は、なにを考えているのだろう。

天明に固執して、奪って、次はどうしたいのか……。

哉嗚はもしかすると……昔の天明なのかもしれない。蓮華と出会わずに秀蘭を娶し、遼家と手を組んで実権をにぎるという計画が遂行されていたら、天明はこんな風になっていたと思う。

二人のねがいは逆なのに、ふと、そんな考えが過った。

蓮華には想像しかできない。哉嗚の境遇を理解して同情することは可能だが、共感はむずかしかった。

せやけど……。

「可哀想な人やんな」

「そう見えますか?」

「見えるわ」

哉嗚の指が、一定のリズムを刻んでいる。トントントン・ツーツーツー・トントントン。

いつも気になっていた仕草……このリズム、なにかを思い出させる——玉玲が歌っていた、子守歌のリズムだ。凰朔ではポピュラーな歌で、大して珍しくない。

しかし、それだけではない。蓮華の記憶の奥底で、もっと、そう……これって、やっぱり、他にも……せや！　モールス信号や！

蓮華も詳しいわけではないけれども、一つだけ覚えている。前世の世界でのSOS（助けて）の信号だ。

哉鳴はこちらの世界の人間で、モールス信号を知らない。SOSなど、露ほども意識していないはずだ。

だが、蓮華には……一度、「助けて」と言っているように聞こえたら、もうそれにしか思えない。

助けて。

目の前にいる人間を、蓮華は全員救えるわけではない。今だって……ずっと、ずっと、遼家から助けてやれなかった星霞（せいか）のことを思い出す。

もう、あんな想いは嫌や。

蓮華は哉鳴の前に歩み寄っていた。

「なあ……奪うんやなくて、べつの方法はないん？　主上さんと……仲直りできへんの？　話だけでも、せぇへん？」

哉鳴に手を差し出し、蓮華は微笑みかける。なにをやっているのだ。敵相手に。蓮華の脳内主上さんが「お人好しめ……」と、呆れ返っている。

そんな蓮華から、哉鳴は視線をそらした。

「いまさら」

哉鳴は小さく吐き捨てたあとに、残りのたこ焼きを掻き込む。頬を赤くし、咽せそうになりながらも完食した。

「僕は引き返しませんよ」

哉鳴は立ちあがり、箸を置いた。

蓮華に背を向け、哉鳴はそれ以上なにも言わない。

差し出した手は虚しく空振ってしまった。

五

はっ……と、気がついたら、そこは戦場だった。

「ここは……？　うち、なにしてんねん……」

蓮華が手にしているのは、スーパーの買い物カゴとスマートフォン。画面には、アプリクーポン券と時計が表示されていた。

半額シールが貼られる時間になると同時に、オバチャ……いや、お姉様方が鬼の形相でスタートダッシュを決める。

お惣菜（そうざい）や生鮮食品コーナーで、次々に貼られていく半額シール。売り場は瞬く間に、修羅場と化した。

その空気に当てられて、蓮華も前へ進む。「あれ？ うち、今日はなに買いに来てたんやっけ？」と、冷静になるものの、身体は勝手に動いていた。お姉様方の間を掻き分けて、一目散に肉へと突進する。

ああ……なつかしいわ。

こりゃ、夢やな。

頭ではキチンと理解していた。

ときどき見る前世の夢だ。蓮華が道頓堀で死なずに生きていたら、どんな未来が待っていたのか、考えさせられる夢。

実際の蓮華は生まれ変わって、凰朔国にいる。後宮の妃だったけれど、現在は絶賛囚われ中のお姫様だ。いまごろは、趣味の悪い絢爛豪華な部屋で、すやすやと寝息を立てていることだろう。ああ、虎柄が恋しい。

こんな夢を見るのは……蓮華が帰りたいからだろうか。

日本に。

でも、帰れないと知っているから、ただの夢だ。ないものは、強請ってもしょうがない。その分別はあった。

——蓮華。

どこからか、声が聞こえる。

誰かが蓮華に話しかけているようだ。蓮華はゲットした半額の薄切り牛肉をカゴに入れ、宙を見あげた。

——お前は、帰りたいのか?

誰の声やろう。めっちゃ覚えあんねんけど。

聞いていると、妙に安心する。包まれているような居心地のよさが眠気を誘った。いや、今夢の中やけど。

そうしているうちに、周囲の景色がぼんやりとしてきた。

戦争状態の生鮮食品コーナーが遠退いていく。お姉様方の喧騒も、混雑を避けるよう呼びかける店内アナウンスも、なにもかもが消えていった。

そろそろ起きるみたいだ。気持ち的には眠いのに、身体が覚醒しようとしているらしい。

ほな、おおきに。前世の世界。

蓮華は心の中で、気軽にあいさつをした。どうせ、またすぐに夢を見るだろう。遊びに行っている気分だ。

すぅっと、意識が浮きあがっていく。

❀　❀　❀

覚醒は穏やかだった。

スッキリと冴えた目覚めだが、まだ外は暗く真夜中だ。寝台から見える窓の景色には、糸みたいに細い月が浮かんでいた。

「ふあ……」

蓮華は背を伸ばしながら、あくびをして起きあがる。朝まで時間がありそうだが、もう一度眠る気にはならない。少し、気分転換が必要だ。

続き間には、陽珊が寝ている。起こしては申し訳ないので、蓮華はそーっと足音を忍ばせて寝台から抜け出した。

「まだ寒いなぁ」

掛け物を羽織り、窓をながめる。ちょっと前まで白い景色だったのに、すっかり雪が溶けている。そのせいで、夜の闇がいっそう引き立っていた。

ほとんど新月に近い月は、なにも照らさない。それでも、風に木々がこすれる音は耳まで届いた。

穏やかな夜だ。

しかし、梅安では不穏な種が着々と芽吹いている。貴族の横暴に民衆のフラストレーションは募り、爆発しようとしていた。猛虎団などと、謎の義賊まで活動している。新しいお役人たちは、それらに対処しきれず翻弄されていた。

一応、国の形を保っているが、ここからどうなるかわからない。哉鳴の政権は、天明以上に綱渡りのようだ。

蓮華は哉鳴を皇帝だと認めていないが、国には何事もなければいいと考えている。争わずに済むなら、そのほうがいいに決まっていた。

「主上さん、ほんまに戦うんやろか……」

もうすぐ春だ。天明が仕掛けるとすれば、暖かくなってからだろう。

天明には無事でいてほしいし、早く助けにきてくれたら嬉しかった。でも、そのせいで、戦争があるのは嫌だ。

後宮での籠城戦が思い出される。なんとか凌いだけれど、一夜だけでも酷い有様だった。見慣れた建物が焼かれ、血が流れる。誰もが疲弊して、縋る希望も失い泣き叫ぶ者もいた。もっと長く続けば、あんなものでは済まなかっただろう。

争いなんて、したくない。

蓮華には平和な日本の記憶があるから、より強くねがう。

「なんや……？」

考え込む蓮華の視界で、灯りが動く。衛士たちが持つ松明の火である。何人か、慌てて走っていくのが見えた。

それに、蓮華の部屋を守る衛士二人も、なにかを話しているようだ。蓮華は息を殺して、忍び足で入り口へ近づいた。

「猛虎団が？　こんなところまで……？」

「わかった。すぐ応援に行こう」

衛士たちは蓮華が眠っていると思い、持ち場を離れるようだ。慌ただしく足音がして、遠ざかっていった。

いま、猛虎団って言うた？

蓮華を仙女と吹聴する怪しげな義賊だ。それが皇城に現れたというならば、たしかに一大事である。なんとしても捕らえようと、人員を総動員しているのだ。

やがて、誰の気配もなくなったのを確認して、蓮華は扉を開けた。ガランとした長い回廊が続き、歩く者はいない。

「勝手に名前借りられて気色悪いし……顔だけでも拝んどくか」

すぐに帰ってくるわ。そういうつもりで、蓮華はスルリと部屋から抜け出した。

皇城は広い。

どこに猛虎団が出ているのか、蓮華には見当がつかなかった。義賊を名乗る彼らが皇城へ侵入する目的も不明である。衛士たちが南側へと移動していたので、とりあえず、蓮華も南門を目指すことにした。

こっちは、たしか……地下牢があったな。

短い期間だが、蓮華もお世話になっていた施設だ。薄暗くてジメジメした、いや～な環境が脳裏によみがえる。

あそこには、いまも秀蘭が閉じ込められているはずだ。天明の母親で皇太后。貧民の出身だったが、前帝に見初められて成り上がったシンデレラガールである。そのせいで、周囲からは悪女などという評価もされていた。

秀蘭はただ、天明を想って動いていただけだ。蓮華は彼女が悪女ではないと知っている。しかし、現政権をにぎっている哉嗚や貴族にとっては邪魔な存在だった。

秀蘭様、大丈夫やろか……蓮華は急に心配になってうつむいてしまう。

「いたぞ！」

声がして、蓮華はとっさに身を隠す。

「くそっ、足が速い！」

どうやら、蓮華が見つかったわけではないようだ。

「あれが……」

蓮華は柱の陰からのぞき見る。

交戦でもしているのか、甲高い金属音があがった。黒い装束をまとった影が、何人も走り去っていく。頭巾を被り、顔を隠しているので、あれが猛虎団だろう。

暗くてよく見えない。闇に紛れられるよう、考えられた衣装のようだ。ちょっとデザインが後宮リーグで使用していた球団ユニフォームに似ているのは、考えすぎか。

動きやすさを追求すると、あんな形状に落ちつくということだろう。

「誰だ！」

「やば……！」

息を潜めていたつもりだったが、蓮華の存在が衛士に見つかる。まずい。蓮華は寝室から抜け出してきたので、ここで捕まるのは具合が悪い。猛虎団とまちがわれて斬られたりしたら最悪だ。

蓮華は慌てて逃げようとするが、衛士はまっすぐこちらへ向かってきた。

「な……ぐあっ！」

しかし、すぐに衛士から悲鳴があがる。

「あ……」

何者かが、蓮華に迫る衛士を蹴り飛ばしたのだ。屋根の上にでも潜んでいたようで、突然襲いかかってきた影に、衛士は呆気なく気絶させられた。

頭巾で顔を隠した男が、蓮華に気がつく。

「えっと……その……」

お姫様らしく、悲鳴でもあげればいいのかもしれない。だが、それでは蓮華が抜け出したのがバレてしまうので、都合が悪かった。かと言って、この状況もよくない。相手は強盗をくり返す荒くれ者だ。命を奪われても文句は言えない。

「お前……」

猛虎団の男は、蓮華の顔を凝視している。なんや、変な顔でもしとるんやろか。と、蓮華は冷静になろうと深呼吸する。

あれ？　今の声……どっかで？

懐かしくて、心地よい響きだった。背格好も、蓮華が見慣れた男性にそっくりに思えてくる。

そんなことはあり得ないとわかっているのに……わかってはいるけれど、蓮華の目には自然と涙がたまっていった。

「しゅ……しゅ……じょ――」

「黙っていろ」

蓮華がはっきりとした言葉を発する前に、猛虎団の男が動いた。蓮華の口を塞ぎ、うしろから抱きしめるように柱の陰へと隠れる。

二人組の衛士が近くを通りかかっていたのだ。

とにかく、息を殺して大人しくする。静かに……静かに……ええい！　うるさいわ！　なんの音や！　って、うちの心臓の音か！　耳元までバクバクするわ！

心中で喚き立てながらも、蓮華は男の腕の中でじっとしていた。

この腕の感じは……覚えている。

触れたときの体温も、よく鍛えられたしなやかな筋肉も……触らしてって言うたら、めちゃくちゃ嫌がられたっけ。

蓮華は無意識のうちに、男の腕に自らの手で触れていた。

まちがいない。この人……。

「主上さん」

ほとんど吐息だけの声で、二人以外の誰にも聞こえていない。

嬉しくて、頬を涙が伝った。後宮で籠城戦をしたあの日以来、姿を一度も見ていない——まちがいなく、彼は天明だ。

元気にしてたんや……よかった。それだけで胸がいっぱいで、こんなところでなにをしているのかとか、聞くべき内容がすべて吹っ飛んでしまう。

天明も、蓮華に気づいていたようだ。だんだんと、押さえつけているのではなく、抱きしめるような姿勢になっていった。右手は口元に添えたまま、左手で蓮華の髪を優しくなでてくれる。

やがて、衛士は蓮華たちに気づかず通り過ぎていく。なんとかやり過ごして、蓮華は、ようやく一息ついた。

「おい」

天明が小声でささやいた。もっと話しかけてほしい。そういえば、最初に会ったときも、いい声の人だと思っていた。

「鼻水をつけるな……!」

「はひ?」

蓮華の顔から手を離しながら、天明は呆れていた。蓮華は首を傾げて、ズビビビっと鼻水をすする。頭巾越しに、天明が心底嫌そうにしているのが伝わってきた。

口を押さえられたまま泣いたせいで、天明の手が蓮華の鼻水でベトベトになっていた。予期せぬ事故に、蓮華は舌を出しながら額を叩く。

「すんません。嬉し泣きやから、許してください」

言いながら、袖で天明の手を拭いてやった。哉嗚にもらった寝衣なんか、駄目にしてしまってもいい。ゆーて、鼻水や。洗ったら余裕で使えるし。

「お前は……あいかわらず……」

「主上さんが無事やって、嬉しいんですわ。汁の一つ二つ、飛びますよ。ツバも飛ばしときましょか？」

「飛ばすな」

頭が痛そうな仕草をして、天明は項垂(うなだ)れてしまった。このテンポ、なつかしい。なにもかもが全部全部、嬉しくてまた涙が出そうだった。あと鼻水も。

「とにかく、お前が無事でよかった……」

それでも天明は、頭巾をとって安堵(あんど)の表情を浮かべた。そして、改めて正面から蓮華を自らの胸へと抱き寄せる。

「もう、手放したくない。どこへも行くな……蓮華」

そんな言葉を吐かれると、身体から力が抜けてしまう。

強く抱きしめられると、背中がミシミシ軋(きし)みそうだが、決して痛くはなかった。蓮華のために加減してくれている。

以前に激昂した天明が迫ってきたことがあったが、全然ちがう。ちゃんと、蓮華を思いやって、大事にしてくれている。

よかった。

天明の体温を感じながら、蓮華の目に再び涙が浮かんでくる。

「主上さんこそ、死ぬほど心配したんですよ」

本当に生きているかどうかもわからないまま、皇城で過ごすのは不安で仕方がなかった。こうして元気でいるのが確認できただけで嬉しい。

「蓮華」

耳元でささやかれると、脳が溶けそうだ。

熱くて湿っぽい吐息に耳が蕩けていく。

「う」

再会の嬉しさが先行していたが、冷静に考えると、蓮華はずっと天明に抱きしめられている。

蓮華は行き場をなくした両手を遊ばせながら、天明に応えられずにいた。

「俺の正妃を名乗っているそうではないか」

意地悪な声だった。まるで、戸惑う蓮華の反応を見て楽しむかのようだ。蓮華は、なにか反論しなくてはと、とっさに顔をあげながら天明の身体を押し返す。

「そ、それは、あの場のノリと勢いで……」

蓮華が天明の正妃だなんて、嘘だ。妊娠しているというのも、陽珊の機転でそういう設定にしただけ。実際は、正妃になってほしいという天明の告白を、蓮華が保留にしていた。

しかし、そんな嘘をついているのに、不思議と……天明に対してうしろめたさを感じていなかった。自然な流れだと受け止めている自分がいる。

違和感がなにもない。

うち、正妃に……この人の正室（奥さん）に、なりたかったん……やろか？

一方の天明は、蓮華の顔を見ながら、訝しげな表情をしていた。

「可愛（かわい）げのある顔もするのだな」

蓮華の言葉なんて無視して、天明は額に額をあわせた。こつんと当たった部分が熱くて、チーズみたいに溶けそうだ。

「な……褒めたって、なんも出ぇへんよ！　飴ちゃん、ないんやから！」

蓮華は震える唇で、必死に声をあげた。このままでは、流されてしまいそうだ。こんなことをしている場合ではないのに。

「そんなことより！　なんで、主上さんがここにおんねん。それに、その格好……なんですか、それ？」

「そんなこととは、ずいぶんな言い草だな」

「いやいや、本当ならまっさきに説明してほしいわ！」

蓮華は誤魔化されまいと、天明と話しやすいよう、一歩うしろにさがった。すると、天明は距離を戻そうと前に出る。ええい！　久々に会(お)うたらベタベタして、調子くるうわ！

蓮華はジタバタしながら、無理やり天明から離れる。天明は名残惜しそうにしていたが、やがて一定の距離感で了承してくれた。

「主上」

そんなやりとりをしていると、何者かが屋根からおりてきた。天明と同じ衣装に身を包んでいて、猛虎団の一員だとわかる。ただ、他の者と頭巾の形がちがっていた。

女の子の声や……しかも、聞き覚えがある。蓮華は猛虎団員を観察した。

「手筈(てはず)通りに進みましたので、退避してください」

そう告げたあと、猛虎団の女は蓮華に視線を移した。

「鴻徳妃……！」

驚きというより、喜びに近い声音だった。この段階になって、蓮華の中で記憶と声が結びつく。

「もしかして……朱燐？」

「はい！」

朱燐は蓮華の侍女をしていた娘だ。

貧民街の出身で、名なしと蔑まれる身分だった。最初は、秀蘭からスパイとして送り込まれ、やがて蓮華の侍女となる。そして、官吏登用試験に合格して皇城で働いていたのだが……騒動の混乱で、どうなってしまったのか、わからなくなっていた。

久しぶりの再会に、蓮華は両手を広げて喜んだ。

でも、なんで？

「申し訳ありません、鴻徳妃……いまは時間に猶予がございません」

朱燐が謝罪する間にも、衛士たちが集まる気配がした。

「このままお連れしたいのは山々ですが、手筈が整っておりません。必ずお迎えにあがりますので、いましばらくお待ちください」

朱燐はそう言って、深々と頭をさげた。天明は蓮華を連れ帰りたいのか、名残惜しそうにしている。だが、やがて頭巾を被り直した。

「蓮華……」

名前を呼ばれるだけで、胸の奥が疼く。行ってほしくない気持ちが強くて、なにも言い返せなかった。

それでも、回廊の向こうに衛士の影を見つけると、蓮華は天明の身体を押した。

「はよ、行って！　うちがなんとかしとくから！」

朱燐がサッと身を翻し、庭へとおりていく。さすが、野球で鍛えた駿足。朱い彗星の名に恥じない速度で、姿が見えなくなっていく。

遅れて天明も、柵に足をかけた。

「必ず助ける」

短く言い残し、天明も消えた。

一抹の寂しさを抱きながら、蓮華はぎゅっと拳をにぎりしめる。そして、回廊の向こうから近づいてくる衛士に向けて、大きな悲鳴を放った。

「きゃあ！　助けてー！」

できるだけ猫を被ったせいで、若干、棒読みになってしまう。だが、そんな演技でも効果はあって、衛士たちが蓮華のもとへと駆けつけた。

「い、いま、猛虎団っちゅう不審者が！　うち、いや、私をさらおうと侵入してきて……こ、こ、怖いから、逃げてきましたー！」

シレッと、自分が部屋にいなかった言い訳も述べておく。

蓮華はか弱い娘らしく、衛士の腕に縋ってみる。幸い、さっき泣いたところなので、目も赤くて迫真の表情に見えるだろう。

「なんだと!?」

「賊はどちらへ？」

衛士たちの問いかけに、蓮華は廊下の反対側を指差した。

「あっちへ行きました。はよ、捕まえてや」

デタラメを教えると、衛士の一人がそちらへ走っていく。もう一人は、蓮華を部屋へ帰すために残った。

なんとか、やり過ごせた……蓮華は袖で顔を隠して泣き真似をしながら、内心で一息つく。

結局、朱燐や天明がここにいた理由は聞けなかった。哉鳴の話や、市民の反応から、猛虎団にはヤバい宗教団体のようなイメージを持っていたが……朱燐たちは、なんの目的があって、こんなことをしているのだろう。

でも……二人の無事が確認できて、よかった。

いまは、それだけでも満足だ。

攻守交代　大阪マダム、やっぱりお節介！

一

　まだまだ寒い日は続くが、庭に植わった梅のつぼみが綻びはじめていた。

　蓮華の耳に入れないようにしているだけかもしれないが、あの日以来、猛虎団の話を聞かない。

　どうして、朱燐や天明が猛虎団にいたのか。

　そして、彼らはなんの目的があって皇城に侵入したのか。

　蓮華を迎えにくると言ったが、なんらかの方法で連れ出そうとしているのだろうか。

　わからないことだらけだった。

　けれども、答えを知る機会は、存外すぐに訪れる。

「失礼いたします。鴻蓮華様」

　いつものように、無愛想な女官たちが蓮華の世話をするため入室した。と言っても、着替えや沐浴は、陽珊が一人で担当している。妊娠を偽装しているのが露見すると困いた。

るので、「他人に触られると、アレルギーが出るねん」と、適当なワガママを言っていた。

いまも、お腹に詰め物をして服を膨らませている。安定期に入り、ちょうどお腹が大きくなってきた頃合い、という設定だ。

陽珊は蓮華と一緒に後宮へきたが、幼いころより鴻家に仕えていた。下の兄弟もおり、母親の世話や育児も行っていたらしい。ほんま、ようできた娘やで。

いま、蓮華の命があるのも、陽珊のおかげだ。

「蓮華様、おさがりください」

陽珊は蓮華と女官たちが接触するのを、極力避けようと動く。蓮華の演技がカスなので警戒しているのだ。ごめんやで。

「わかっとる。いつも、ありがとな。陽珊」

蓮華は小声で言いながら、陽珊のうしろへさがった。

女官たちは、黙って蓮華の部屋を掃除しはじめる。あいかわらず、テキパキとしているが無表情だ。

しかし……蓮華はスゥッと息を整えた。

なぁーんか、性にあわんわ。ロボットかいな。

「みんな、えらいおつかれさまやで！」

パンパンッと両手を叩きながら、蓮華は満面の笑みを作って前に出た。そして、チャチャッとたこ焼きの準備をはじめる。

「ちょっと、蓮華様……！」

陽珊が慌てるが、蓮華はかまわず女官たちに声をかけた。

「…………」

三人入室した女官のうち、一人が手を止める。蓮華はそれを見逃さず、生地をたこ焼きプレートに流し込む。

熱した鉄板に、じゅわーっと生地が焼ける音が鳴り響く。

「みんな、いつもお世話になっとるさかい。たこ焼きでも、食べてってや。蛸なしやけど」

女官たちは、自分の仕事をこなそうとしている。けれども、蓮華が作るたこ焼きが気になるようで、チラッチラッと視線を感じた。

蓮華は唇に弧を描きながら、たこ焼きを回す。自然と、大阪でお馴染みのたこ焼きチェーン店のCMソングを口ずさんでいた。

「あいよ、お待ちどおさん！　牛すじ煮込み入りや！」

部屋が綺麗になる頃合いに、蓮華は女官たちの前にたこ焼きの皿を置いた。必死で無視を決め込んでいた女官たちも、さすがに顔を見あわせる。

「……いただけません」

ようやく、リーダー格の女官が声を発した。蓮華との必要以上の会話は禁止されているのだろう。一言だけつぶやいて、他の二人にも目配せした。

蓮華はニンマリと笑いながら、たこ焼きを指差す。

「自分ら、掃除しにきたんやろ？　せやったら、このたこ焼きも片づけてくれへん？」

ズズイッと身を乗り出しながら、蓮華はたこ焼きを押しつけた。

「ですが……」

「黙って食べたらええ。みんなは、片づけてくれてるだけやから」

女官たちは困った様子で拒んでいたが、蓮華の押しが強すぎて、たこ焼きの皿を受けとってしまう。

うちの図々しさ、舐めたらあかんで。

「このようなものをいただいたところで、情報をお話しすることはできません。そもそも、私たちは一介の宮女で……」

「かまへん、かまへん。下心ないって」

蓮華は両手を身体の前でふった。

「ただ黙って仕事して帰るだけなんて、おもろないやん。うちなりに、お礼がしたかっただけや。本当は高いお給料払って、福利厚生しっかりさせたいねんけど、そんな権限、いまはないし……迷惑やったら、うちと陽珊で食べるわ」

蓮華の説明を、女官たちは不思議そうに聞いていた。しかし、たこ焼きを返す様子はない。

ずいぶん長い時間迷ったあとに、女官の一人がたこ焼きに手をつける。

「これ……以前に猛虎飯店で食べました」

爪楊枝を上手に使って、女官はたこ焼きを頬張った。それを皮切りに、他の二人も手を伸ばす。

「本当は……あなた様のお世話ができて、光栄でした……」

たこ焼きを食べたあと、女官はぽつりと小さな声でつぶやいた。少しだけ頬を染めながら、恥ずかしそうな仕草だ。今までは無言の無表情なので気づかなかったが、こうしていると、みんな年若くて素朴な普通の娘さんである。

「しかし、これ以上は本当に……申し訳ありません」

「ええよ。そういう顔が見れて、うち嬉しい」

必要以上に接触したことがバレれば、きっと彼女たちは怒られてしまうのだろう。申し訳なさそうに頭をさげて、部屋を出ていこうとする。

「あ！　青のりついとるから、口拭いときや」

最後に蓮華は助言して、彼女たちを送り出した。いつもより掃除が長かったので、部屋の前に立った衛士が訝しげに見てきたが、蓮華は愛想笑いしておく。

「蓮華様ったら……」

二人きりになって、陽珊が息をついたが、怒ったりはしない。ただ、少し疲れた様子で肩を落としていた。

「へへ……つい、な」

蓮華は舌を出して笑いながら頭を掻いた。

けれども、すぐに表情を改める。

「鴻蓮華様の居室は、こちらか」

女官たちと入れ替わるように、入室しようとする者があったのだ。哉鳴ではない。高すぎず低すぎないハスキーボイスが印象的だった。

「何用か。いかなる者も入れるなとの仰せだ」

当然のように、部屋の衛士が追い返そうとしている。

蓮華は気になって、そーっと扉の隙間から外をのぞき見た。

「特命である。先日の襲撃について、鴻蓮華様に事情をうかがいたいだけだ」

言いながら、訪問者はなにかを衛士たちに示している。その途端、衛士たちは姿勢を正して礼をとった。

蓮華は慌てて、扉から離れる。

「鴻蓮華様。お邪魔いたします」

入室したのは、官吏の袍服に身を包んだ男であった。キリリと涼やかな目元が印象的な美青年。ハスキーボイスも相まって、官吏よりも、舞台の役者さんにでもなったほうが似合いそうだ。

けど、この人……。

「あ、あ、ああー!」

蓮華は思わず声をあげる。

が、青年は片目を閉じながら、人差し指を立てた。

「お静かに。お久しぶりでございます……郭露生(かくろせい)です」

郭露生。

皇城で働いていた女性だ。天明が皇子として後宮にいたころ、彼の遊び相手を演じていた。つまり、蓮華の前任だ。

彼女は強気で負けず嫌いな性格が災いして、出世コースから外されていた。後宮で天明に協力した褒美として、皇城勤務に戻っていたものの、ここで性別の壁にぶつかってしまう。それでもあきらめきれなかった露生は、男装して男の名前で官吏登用試験を受験しようとしたのである。

試験の日、朱燐を助けたことで露生は受験資格を失った。次の試験を受けると約束して皇城を去ったのだが……どうして、こんなところに？

「私は政変の際、官吏ではありませんでしたので、新しい募集を受けられたのです。一応、黄英翔を名乗っています」

なるほど。哉嗚は可能な限り、皇城に勤める官吏の顔ぶれを一新していた。だが、露生はすでに女官を辞していたので、再登用されたのだ。しかも、ごていねいに男装までしている。

「っちゅうことは……いま、露生さんが仕えとるんは……」

現皇城の官吏となったということは、彼女が仕えているのは天明ではなく、哉嗚だ。

蓮華の背筋に冷たい汗が流れた。

けれども、露生は静かに首を横にふる。

「私の所属は猛虎団です」

「猛虎団に……？」

ここでも、猛虎団の名が出てきた。蓮華の脳裏に、「必ず助ける」と言って去った天明の姿が浮かぶ。

「猛虎団は、主上の帰還に備えて結成されました」

露生は一つひとつ、ていねいに説明をしてくれる。

天明は現在、挙兵に向けて延州で体制を立てなおしているところだ。そのサポートをするため、元官吏を中心としたメンバーが集まり、都で工作活動を行っている。

猛虎団の頭領は、なんと朱燐だ。露生のほか、鴻柳嗣や李舜巴（りしゅんは）をはじめとした元官吏が幹部をつとめているらしい。

「よかった……お父ちゃん、無事やったんやな」

懐かしい名前をいくつか聞いて、蓮華は胸をなでおろす。もぬけの殻になった鴻家を見たときは胃がキリキリ痛んだが、ひとまず安心してよさそうだ。

「うちのお父ちゃんに幹部なんて、できるんかいな？」

「柳嗣様は工作に参加いたしませんが、都の情報網を掌握しております。鴻家の資産は、猛虎団の大きな資金源です」

「なるほど……」

派手好きで目立ちたがり屋の柳嗣には、夜闇に紛れて動く義賊は無理だ。しかし、後方支援として得意分野が発揮できて、楽しんでいるのが想像できた。せっかく、役職持ちになれたのに皇城を追われ、鬱憤も溜まっていることだろう。

「せやけど、なんでまた朱燐が頭領に？」

皇城に侵入した朱燐は、みんなとちがう頭巾を被っていた。あれは、頭領の証だったのだ。

「貴族たちが牛耳る政権に立ち向かうのは、名なしである朱燐が適任かと」

新しい時代の象徴。旧体制の打倒が猛虎団の目的なら、たしかに先頭は朱燐が適役かもしれない。蓮華は露生の説明に納得した。

「陳家にも、お力添えをいただいております」

「夏雪の実家か！　協力してくれたんやな！」

知っている名前が次々と出てきて、蓮華は嬉しくなった。同時に、執拗に情報が隠されていた理由にも納得する。

「私は官吏として皇城に潜み、猛虎団を摘発する役目を頂戴しています」

「スパイ、あー、いや間諜やな」

「そのほうが都合いいでしょう？」

敵の懐に潜り込み、朱燐たちが捕まらないようコントロールしているのだろう。同時に、猛虎団摘発にちょうどいい適当な功績をあげれば、混乱の多い新規体制で、露生は簡単に出世できる。マッチポンプ作戦だ。

「せや！　この間の襲撃は？　なんのために皇城襲ったんや？」

「あれは……地下牢に閉じ込められた秀蘭様と劉天藍様をお救いする作戦でした」

「…………！」

秀蘭が地下牢にいたのは知っていた。しかし、劉天藍――劉貴妃も囚われていたなんて。

劉貴妃は後宮の妃だった。蓮華と同じ正一品で、凰朔の軍事を担ってきた劉家の娘。軍略の才能があり、後宮での籠城戦の指揮を執っていた。蓮華はそれまで、劉貴妃とは野球でしか戦ったことがなかったが、実戦を目の当たりにして、才覚を改めて思い知らされた。

哉鳴は後宮の妃はみんな解放したと言っていたのに……きっと、多くの者は言葉どおりに解放されたのだろうが、籠城戦の指揮を執った劉貴妃は、そのままにしておけなかった。

蓮華は劉貴妃も含めて、全員の解放を望んでいたのに。哉鳴の立場であれば仕方がないとはいえ、騙された気分だった。

「劉天藍様のお力は、今後の活動に役立ちます。それに、秀蘭様は主上の母君でございます。一刻も早く救い出したく……鴻蓮華様の御身を優先できず、大変申し訳ありません」

「そんなん、かまへんよ。うちはほら、窮屈やけど粗末な扱いは受けてへんし。劉貴妃や秀蘭様のほうが深刻や」

こんな贅沢品に囲まれながら、地下牢の二人より優先しろなんて言えない。苦しむ人がいるのなら、蓮華は最後で充分だ。

「それで、二人は無事？」

「手筈通りに脱獄いたしました。いまは、我々が保護しております」

露生の返答を聞けて、蓮華はほっとした。

「主上は一時的に都に入り、この作戦に参加しておりました。現在は延州に戻って、果たすべきことがあるようです」

「そっか。じゃあ、もう主上さんは都におらんのやな……」

その報告は寂しいものだったが、不思議と心は明るい。元気な天明の姿が見られたし、味方もいて安心できたからだ。

「包み隠さず申しあげますと、兵の集まりが芳しくありません。主上が奮闘しておりますが、決して、楽観視できる状況ではないのです」

なにもかも順調というわけにはいかないらしい。蓮華は固唾を呑んだ。

「しかし、鴻蓮華様は必ずお助けします。使者を差し上げますまで、どうぞこのままお過ごしください」

露生が頭をさげるので、蓮華はとっさに制しようとした。

「ありがとう。焦らんでええで。こうして、露生さんと話せただけでも、すごい落ちつくねん」

蓮華が微笑むと、露生の表情も緩む。

そういえば、初めて露生に会ったとき……彼女と天明が、いい仲なのだと勘違いしていた。妃にしたらどうだとか、無神経なことを天明に言ってしまった。

主上さん、いつからうちを正妃にって、考えてたんやろ……思い出せば、思い出すほど、うちってデリカシーなかったんやな……いまさらやけど。

ふり返りながら、蓮華は過去の自分を殴りたくなってきた。

「それでは」

退室する露生を見送りながら、蓮華は天明について思いを馳せる。

主上さん……また会いたい。

会ったら、ちゃんと返事せなあかんよなぁ……。

二

露生は使者を出すと言っていた。再び皇城を襲撃するのかと思ったが、どうやら、べつの手段があるらしい。

いつもの鳥籠みたいな部屋で、蓮華は退屈な日々を過ごして待っていた。もうすぐ出られるかもしれないと考えると、少しそわそわする。

「蓮華様、よかったですね」

露生がきてから、陽珊も表情が明るくなっていた。ずっと気を張りつめていたので、安心したのだろう。蓮華も同じ気持ちなので、わかる。

「気は抜けへんけどな。露生さんも、厳しい言うてたし」

「ですが、主上とお会いになったのでしょう?」

あー、そっちか。蓮華は、さり気なく陽珊から視線をそらす。しかし、陽珊はキラキラとした目で、蓮華の手をにぎった。

「蓮華様。近ごろはいっそうお美しいです。きっと、主上のお力ですね」

「そ、そうかなぁ?」

「はい」

そうは言われたって実感はない。会ったと言っても、ほんの少しだけだ。あんなんで、美人になれるわけが……。

不意に、天明に抱きしめられた記憶がよみがえる。天明があんなに積極的なのは初めてだ。

髪に触れると、頭をなでられた感触がよみがえる。指の間を、髪がスルスルと抜ける感覚が心地よくて……腕もたくましかった。

「って……褒めたって、飴ちゃんあげへんよ!」

思い出すうちに、身体の内側から、ぽやんと熱くなっていく。

「ふふ。蓮華様、真っ赤になっとりますよ。主上は愛されとりますな〜」

「う……よ、陽珊こそ、また関西弁になっとるで！」

蓮華は誤魔化そうと、顔を隠しながら無意味に調度品の引き出しを開け閉めした。物がいいせいか、案外、木の感触が悪くない。一方、蓮華の指摘で陽珊は項垂れながら、「蓮華様と二人っきりだからですー！」と叫んでいた。

「ありゃ？」

何気なく調度品を漁っていると、見覚えのある品が入っていた。

「これって……」

蓮華が手を伸ばした瞬間、部屋に誰かが入る音がする。

「お邪魔します」

涼やかに言いながら入室したのは、例のごとく哉嗚であった。

「邪魔するんなら、帰ってや」

蓮華は露骨に嫌そうな顔を作ってみせるが、哉嗚はニコリと笑っている。一度帰りかけて、ツッコミを入れるなんていう、定番の切り返しもなかった。

「今日は一段とお美しいですね」

陽珊と同じことを言われても、大して響かなかった。哉嗚の言葉に、感情がのっていないからだ。彼にとって、蓮華は天明に勝つための道具。アクセサリーみたいな存在である。

「もうちょい上手いお世辞考えときや」

蓮華は雑に言いながら、引き出しを閉めようとする。

しかし、中身を再び確認して手を止めた。

「これなんやけど」

黄玉の飾りが揺れる。

金木犀の紋様が彫られた漆黒の横笛だ。

以前に哉嗚から蓮華に贈られたのと同じもの。と言っても、贈り物などと聞こえがいいものではなく、押しつけられたも同然だった。

捕らえられたときに、どこかへいってしまったと思っていたけれど……まさか、部屋に持ち込まれていたとは。どれだけ蓮華に笛を吹かせたいのだ。リコーダーしか吹けへんで。

「この笛を見て、玉玲さんは怯えとった……なんで？」

笛に彫られているのは金木犀だ。桂花とも呼ばれる花で、後宮では貴妃の位を示す。

玉玲が後宮の妃であったころの紋様だ。

「その笛は、齊玉玲が父から賜ったものです」

「…………!?」

存外、あっさりと哉鳴は笛の正体を明かした。

「僕が後宮を出る際に、持たされていたそうです。物心つく前から、この笛だけは、僕の手にあった」

哉鳴は笛を見つめて目を細める。懐かしむような、慈しむような……ほんの一欠片(ひとかけら)だが、そんな感情が読みとれた。

その顔が……いつもよりも、母親である玉玲に似ている。

あのとき、玉玲が怯えた理由も、なんとなく察した。後宮の外へ連れ出された息子に授けた笛が、いきなり出てきたのだから。なにかのメッセージか、それとも、自分への脅迫か。玉玲は悩んだにちがいない。

「そういう事情やったら、うちよりも、自分が持っとくほうがええんちゃう？」

蓮華は笛を哉鳴に突き出す。

「思い出の品なんやろ？」

けれども、哉鳴は受けとろうとしない。袖口で隠れているが、トントントントン・ツーツーツー・トントントンと、いつものリズムを指で刻んでいた。

「もう必要ありませんので」

「なんで？」

「その笛がなくとも、僕は様々なものを手に入れましたから」

手に入れるとか、奪うとか、哉嗚は自らの所有物にこだわりが強い。それは、遼博宇のもとで育てられ、なにひとつ自分のものにならない生活をしていたからだ。いまさら、こんな笛がなくとも帝位は手に入った。天明は都から退き、哉嗚に傅く貴族は大勢いる。

でも……。

蓮華はおもむろに、笛に口をつける。

笛なんて、前世でリコーダーを吹いた程度だ。案の定、ヒュロヒュロと貧相な音しか出なかった。

「やっぱ、吹けへんなぁ」

蓮華は首を傾げながら苦笑いしてみせる。

「くれるって言うんなら、自分吹いてみてや。どんな音がするんか知りたいわ」

「…………」

蓮華の顔を見て、哉嗚は動きが固まっていた。蓮華は「ほら」と、笛を前に出して、哉嗚の胸に押しつける。

哉嗚はゆっくりと手を持ちあげ、笛を受けとった。

「上手くはありませんよ」

「ゆーて、うちよりマシやろ」

微笑むと、哉嗚は大きなため息をついた。

観念したと、両手で笛を持ちなおす。

哉嗚の唇から、笛に息が吹き込まれる。

その瞬間、部屋の空気が変わった。ゆったりとした旋律は穏やかでありながら、物寂しい。耳心地がいい音階は、蓮華の胸にすうっと染み込んでいく。

この曲は……。

以前にも聞いたことがある。玉玲が口ずさんでいた、凰朔国の子守歌だ。そして、哉嗚が無意識のうちに、指で刻んでいるリズムとも一致する。

哉嗚は母親と離れて育ち、玉玲の子守歌を聞かされていないはずなのに、同じ曲を選んでいる。不思議な偶然だった。

やっぱり、親子なんやなぁ。

哉嗚は冷たい人間なのだと思っていた。けれども、天明に対して歪んだ思いを抱き、すべてを手に入れようとする人間らしい感情を持ちあわせている。

そして、蓮華は彼の中にも、優しさがあると信じたかった。

「満足ですか？」

一曲終わり、哉嗚は笛から口を離した。

「ええ演奏やった。玉玲さんも、よう歌てる曲やで」

そう告げてやると、哉鳴は複雑そうな表情を浮かべる。どう反応すべきか、迷っているようだ。

「よくある曲ですから」

珍しく時間をかけて返答し、哉鳴は笛を蓮華に返そうとした。

しかし、蓮華は右手を前に突き出して拒む。

「吹ける人間が持っとったほうがええに決まっとるわ」

「いや――」

「要らんのやったら、捨てたらええんとちゃう？　もったいないけどなぁ！」

軽々しく物を捨てろなんて、あまり口にしたくないが、哉鳴が本当に要らないのであれば、蓮華に渡す必要はない。

捨てていないということは……やはり、哉鳴が持つべきだ。

「………」

誰にだって、捨てられないものはある。

哉鳴のことは、未(いま)だによくわからない。やっぱり好きにはなれないし、顔を見るだけで腹も立つ。

でも、彼の人間らしい部分に触れると、嬉しくなるのだ。

「玉玲さん、どっかにおるんやろ？　聞かせてあげや、それ」

蓮華が微笑むと、哉鳴は口を噤んだまま返事をしない。蓮華に向けられた笛が、行き場を失っていた。

やがて、哉鳴は笛を自らの懐に挿す。

「……また来ます」

短く言い捨てて、哉鳴は踵を返した。

❀　❀　❀

「玉玲さん、どっかにおるんやろ？　聞かせてあげや、それ」

そう言って、彼女は哉鳴に笛を返した。

鴻蓮華。不思議な女だ。哉鳴はなぜか返事ができずに、蓮華と笛を見ているだけだった。

「……また来ます」

結果的に、折れたのは哉鳴だ。流されるように、笛を懐に入れてしまった。

蓮華は満足そうにしている。

地下牢から移して以来、蓮華はあまり笑わなくなっていた。

いまさらになって、天明が蓮華に奔放を許していた理由を実感する。

彼女は蝶だ。自由に飛べる翅が一番美しい。興味本位で捕まえてみたものの、好きなように飛ばしてこそ魅力があるのだ。

わかりきっていた答えだったのに。

でも、哉嗚はあれを自分のものにしてみたかった。

天明の所有物は、すべて手に入れてみたい。彼が大切にしたものなら、なおさらだ。奪ってしまいたかった。

だが、それも勘違いだ。

蓮華は天明のものではなかった。彼の妃ではあったが、本質はちがう。天明は蓮華を手に入れていない。ただ自由に飛べるよう、環境を整えていただけだ。蓮華は決して、誰のものにもなっていなかった。

根本がまちがっていたのだ。気づいてしまうと、自分がしていることが滑稽で、独りよがりに見えてきた。

哉嗚では、鴻蓮華を持て余すだけだ。

だが、手放してしまうのは惜しい。

「主上、孟家の当主が謁見を希望しております」

蓮華の部屋から出ると、侍従が頭をさげる。

哉嗚は軽く視線をやって、表情を改めた。蓮華と話していたときの笑みを消し、べつの顔を貼りつける。まるで、仮面をつけ替えるように。

「断っておいてください」

帝位に就いてから、哉嗚の周囲には人間が増えた。遼博宇に群がっておこぼれを狙っていた貴族たちや、新勢力となりたい野心家たちだ。

孟家当主の浩然も、その一人である。哉嗚に取り入ろうと必死で、こうして毎日のように謁見を申し込む。

たしかに、皇城攻めの際は、彼が禁軍を裏切ったおかげで首尾よく事が運んだ。遼博宇を暗殺するときも、先頭に立っていた。

だが、裏を返せば、状況に応じて主人を変える蝙蝠のような男でもある。哉嗚も最初は利用させてもらったが、すでに用済みだ。望みどおりに禁軍総帥の役職を与えたのだから、満足すればいいものを。今度は娘を妃にして、外戚関係を結ぼうと画策していた。

遼博宇のように、駒を切り捨てるのは哉嗚のやり方ではない。しかし、使いようのない駒が出しゃばり続けるのは考えものだった。

遼博宇に賛同していた貴族たちも同様。いまは彼らの協力なしに国は治まらないが、将来的には害悪となる存在である。すでに自領で勝手に関税をかけるなどの横暴が見られた。

蓮華の指摘どおり、取り締まるべき案件だが、早急に事を運べば天明の二の舞だ。哉鳴までも、同じ愚を犯すわけにはいかなかった。

問題はない。順を踏めば処理できる。

哉鳴は後宮で皇子としての暮らしをしていないが、相当の教育は受けていた。実力ならば天明には劣らないはずだ。もちろん、死んだ兄にも。

最黎は優秀な皇子だったらしい。直接会うことは叶わなかったが……彼ほどの人間が、どうして易々と秀蘭に殺されてしまったのだろう。哉鳴には疑問であった。

天明は最黎に帝位をゆずりたかったようだ。仮に最黎が帝位に就いた場合は、哉鳴は用済みとなり、遼博宇に始末されていたにちがいない。

天は哉鳴を生かしたのだ。兄ではなく、哉鳴を。

そして、いま帝位は哉鳴の手中にある。まだ天龍の剣を用いて即位の儀を執り行っていないが、事実上の皇帝は哉鳴だ。

運命など合理的ではない。

だが、哉鳴は信じていた。

それは自分に味方しているのだ、と。

政務を片づけ、哉鳴は皇城の中庭に足を運ぶ。

普段は滅多に立ち寄らないが、大きな池のある穏やかな庭である。

「希望の鐘を鳴らしましょう――」

池の畔から歌が聞こえてきた。澄み渡る清らかさと、慈愛に満ちた穏やかさがある。なのに、どこか寂しげな影をまとっていた。

片目を包帯で隠した侍女を伴って、池の畔に佇む女性。

陶器のごとく白い肌や、儚げで壊れそうな表情。飴細工を思わせるしなやかで繊細な髪が、風になびいて揺れていた。若い瑞々しさはないが、花にも劣らぬ美しさを保ち続けている。

齊玉玲。哉鳴の母親だ。

二人の子を産み、それなりに年齢を重ねているはずだが、後宮の妃であったころの麗しさは枯れていない。

薄い唇が紡ぐのは、凰朔で広く知られる子守歌だ。

哉鳴には気がつかないまま、玉玲は幼子をあやすような優しい声音で、歌い続けていた。

――玉玲さんも、よう歌てる曲やで。

哉鳴は玉玲の歌を初めて聞く。蓮華の言うとおり、彼女はいつもこの曲を口ずさんでいるようだ。

ふと、哉鳴は懐に挿した笛に視線を落とした。おもむろに触れると、手に馴染む。物心ついたころより、ずっと哉鳴と共にあった笛だ。

哉鳴のもとへ帰ってきたのを、喜んでいるかのようだった。

「…………」

歌口に唇を寄せる。

息を吹き込み、指で音を震わせた。

玉玲が笛の音に反応し、哉鳴をふり返る。だが、哉鳴はかまわず笛を鳴らし続けた。玉玲が歌っていたのと同じ子守歌だ。

「哉鳴……」

名を呼ばれたが、哉鳴は演奏に没頭するふりをして、母の呼びかけを無視した。

玉玲は立ち尽くしたまま、哉鳴を見ている。

が、やがて、笛の音に重なって歌が聞こえた。

玉玲が哉鳴の笛にあわせているのだ。さきほどよりも大きく高らかに。そして、麗しく。なによりも、寂しげな影が消え、温かさが声にこもっていた。

哉嗚は母の子守歌で育っていない。

それなのに……ずっと昔から、この歌を聞いてきたような錯覚に陥っていた。

「哉嗚」

曲が終わると、玉玲が微笑んでいた。

政変以降、彼女は常に怯え、哉嗚やほかの貴族たちを怖がっていた。哉嗚は彼女を匿っていた天明を追い落とし、目の前で遼博宇を殺しているので当然だ。実の子とはいえ、どのような感情を向けていいのか、わからないのかもしれない。

哉嗚にも……わからなかった。

いまさらどうすればいいのか、迷いながらここに立っている。

この人は、本人が思っているよりも強いのかもしれないが、脆くて危なげだ。遼博宇によって蝕まれた人生には、同情もした。

ほかの人間に対してはわかない感情だ。

彼女が後宮で匿われている可能性に気づいたとき、哉嗚には選択肢があった。玉玲は自分の存在を知る人間。生かして敵側に置くのは危険である。それでも、彼女が哉嗚の正体を告げないであろう確信はあったのだが……。

殺してしまうのが最良だったかもしれない。

天明を甘いと評しながら、結局は哉嗚も――。

「失礼します」

哉嗚はそれだけ言い捨てて、玉玲に背を向けた。

「待って。哉嗚……！」

呼び止められるが、哉嗚にふり返る資格などないだろう。否、ふり返ってはいけない。これから国を治めるのだ。このようなあいまいな感情は捨て、政務に徹しなければならない。

なのに、どこか……捨てきれない。

玉玲の微笑に安堵した自分がいた。

ええ顔しとるやん？

どこかから、蓮華の笑う声がする気がした——。

三

チャンスは、思いのほか早く訪れた。

蓮華は、いつもと同じルーティンをこなし、一息ついた。窓の外から入り込む夜風は肌寒いけれども、刺すような冷たさはない。春が近づく足音を感じると同時に、蓮華は緊張もした。

春になったら、主上さんが……。

「蓮華様、支度ができましたよ」

蓮華の沐浴は、妊娠中という設定を守るため陽珊が担当している。ほかには誰も部屋におらず、静かなものだ。

「うん、いつもありがとな。陽珊」

蓮華は窓から視線を外し、続き間へ行こうと立ちあがる。

が、その瞬間、部屋の扉が開く気配がした。蓮華は瞬時に身構えてふり返る。この時間に部屋を訪れる女官はいないはずだ。

「鴻蓮華様」

ほどなくして、女官姿の女性が二人、入ってくる。

蓮華は眉根を寄せながら、彼女たちの顔を凝視した。

「え……」

しかし、女官を見て蓮華は動きを止めた。そして、遅れて嬉しさと懐かしさが込みあげてくる。

全体的に痩せているけれど、目が大きくて愛嬌(あいきょう)のある娘——朱燐が蓮華に一礼した。

そのうしろで、腰に手を当てて立っているのは陳夏雪だ。

「朱燐！　夏雪！」

久しぶりの再会に、蓮華は笑顔を咲かせた。

「鴻徳妃、お静かに」

朱燐が「しーっ」と、蓮華に声を抑えるよううながす。

「あかん、あかん。つい」

蓮華はペロリと舌を出しながら、おでこを叩いた。

「二人とも元気そうでよかった」

気をとりなおして。蓮華は改めて、朱燐にガバリと抱きついた。朱燐ははにかんでいたが、蓮華の背にも手を回してくれる。

「べ、べつに……わたくしは、寂しくなどなかったのですからね！　ええ、少しも！」

横目で蓮華と朱燐を見ながら、夏雪が頬を赤くしていた。不貞腐れたように、唇も若干尖らせて、両手をひかえめにパタパタと広げていた。

「うちは夏雪と会えへんくて、寂しかったよ」

言いながら、蓮華は夏雪にもハグをした。

「そうですか？　蓮華は寂しかったのね？」

「もちろん」

「ふん。そう思って、来てあげたのよ」

夏雪は蓮華の腕の中で、胸をピンッと張った。誇らしげに笑いながら、蓮華に抱きつく。

「鴻徳妃。早速ですが、お召し替えのご用意を」

再会をじっくり喜ぶ暇もなく、朱燐が蓮華にうながす。なんのことか首を傾げると、夏雪が自らの衣を示した。

「蓮華、わたくしと衣を交換なさい」

「え？　それって、どういう……」

なんで？　蓮華は困惑したけれど、陽珊はすぐに呑み込んだらしい。着替えの支度をはじめた。

「わたくしが蓮華の身代わりになります」

「!?」

夏雪は正面から蓮華を見据えて、胸に手を当てた。

蓮華に女官の格好をさせて、こっそり連れ出してしまおうという作戦だと、この段階で悟る。

「あかん！　できへん！」

蓮華は思わず声をあげて拒否した。

その作戦で、蓮華は皇城を抜け出せるかもしれないが、夏雪はどうだ。蓮華とは背丈もちがうし、似ても似つかないではないか。この部屋には、哉鳴だって毎日訪れる。女官たちにも気づかれるだろう。

わかっていて入れ替わるなんて……。

「蓮華様は早産の危険があるため、寝台から動けないことにいたしましょう。あとは、この陽珊が上手く誤魔化す。というのは、どうですか？　蓮華様の物真似ならおまかせください」

「いや、あかんやろ。それで人除けできたとしても、あいつどないすんねん。哉鳴は気づくやろ……たぶん……」

いくら仮病を使っても無駄だ。医官だって欺かなければならないし、察しがよく、頭の回転も早い哉鳴なら気づく。

なにより、身代わりを夏雪がつとめるなんて……。

「夏雪、大根役者やし……」

「な……！　失礼ですね！　わたくしは、舞台で笑いだってとれるのですよ！」

それは、夏雪には演技がまったくできなかったので、逆に素のキャラを活かしたボケの台本で成立していた漫才だったからだ。結果的に笑いがとれたのは、まちがいないのだが。

「蓮華」

戸惑う蓮華の手を、夏雪は両手でにぎりしめる。

「これは、わたくしが志願したことです。お父様からも反対されましたが、押し切ってまいりました」

夏雪は淀みない声で告げる。

「わたくしは陳家の娘です。凰朔を束ね、模範を示すのは陳家の役目。後宮で、もっとも正妃となるべき家柄です」

「そら、大貴族なんは知っとるけど……」

「貴族には責任があるのです。それを果たさずして、なにが上流階級ですか。その覚悟もなく、人を束ねる資格などありません」

夏雪は震えるまぶたを伏せ、唇をキュッと引き結んだ。蓮華はそんな夏雪を、黙って見ていることしかできなかった。

「わたくしの役割だったのです。蓮華ではなく、わたくしが人質にならなければならなかったのです。なにが貴族ですか。なにが……なにが……」

夏雪の手からは、後悔が伝わってきた。

庶民の蓮華にとったら、夏雪の主張は理解に苦しむ。それに、蓮華はあの場での最適解を選んだつもりだ。やはり、正妃と称して、みんなを解放する役目は蓮華にしか担えなかった。

きっと、夏雪だってわかっているはずだ。それでも、自分の責任だと思っている。

夏雪にとって、大貴族陳家の娘であることは、心の支えなのだ。後宮へ入ったころだって、夏雪は家柄に誇りを持っており、庶民の蓮華と衝突していた。そういう育ち方をしたためだ。

夏雪のプライドを、蓮華は欠点だと思わない。誇りがあるからこそ、彼女は強くなれる。それに、他人のこともわかろうと歩み寄る優しさも持っているのだ。蓮華はちゃんと知っていた。

「なおさら、夏雪と交換なんて……うちには、うちの矜持(きょうじ)があるんや。誰かを身代わりになんてしたら、大阪のオカンに顔向けできへん」

「雄漢(おかん)？」

「そこは、どうでもよくってな」

夏雪はまっすぐな視線を向けながら、蓮華の手をにぎった。

「大丈夫ですよ。わたくしは、陳家の娘なのです……そう簡単には殺されないはずですから」

夏雪の主張に重ねるように、朱燐も前に出た。

「鴻徳妃には、猛虎団の象徴となっていただきます」

「象徴……?」

朱燐がなにを言っているのかわからない。

「それって、うちが仙女とか、天の遣いとか、よくわからん噂話と関係あるん?」

猛虎団の流布したデマだ。街の様子を見に行ったときに、そのせいで蓮華は民衆に囲まれてしまった。

「主上が玉座を奪還するには、争いが不可欠です」

争いは避けられない。朱燐に断言され、蓮華の身がピリリと引き締まった。

「市民を巻き込んだ戦いになるでしょう」

「それは……」

やはり、なんともならないのだろうか。

目を伏せる蓮華の手を、朱燐がにぎる。

「だから、鴻徳妃のお力が必要なのです。混乱が生じたとき、市民を照らす光があれば、被害を最小限に抑えられます。猛虎団は、彼らを守り導くために結成されたのですから!」

戦いになったとき、市民が混乱していては被害が拡大してしまう。民衆をある程度統率する必要があるのだ。

いまやっている義賊活動も、蓮華の神格化も、すべては民の信用を得るための布石。

「だから、うちが必要……？」

「はい。鴻徳妃は先日、市中に出られましたね？　あれで、さらに人気が加速しました。仙術を使って、皇城から逃げたのだ、と」

仙術とかなんとか、胡散臭い話はさておき。蓮華の行動が、予期せず朱燐たちのプラスになっていたらしい。

「どうか……みんなをお救いくださいませ」

手をにぎる朱燐の力が強くなる。まっすぐな眼差し（まなざし）が蓮華に突き刺さった。

夏雪を残すわけにはいかない。

でも……。

揺らぎが生じてしまう。蓮華は朱燐から視線をそらして、考えを巡らせる。しかし、問題がむずかしすぎて、瞬時に判断できなかった。

「うち……」

朱燐が蓮華を見つめている。夏雪も陽珊も、固唾を呑んでいた。

蓮華はどうすればいいのかわからず、黙ってしまう。普段は即断即決タイプなのに、これぱかりは無理だ。

「…………ッ!?」

だが、蓮華が口を開く前に、何者かの気配を感じて空気が凍った。扉の向こうで、衛士が動いている。

誰かが部屋を訪問しようとしているのだ。

哉鳴かもしれない。

「こちらへ」

陽珊が機転を利かせて、続き間を開ける。ちょうど、沐浴の準備がされているところなので、閉め切っていても不自然ではないだろう。

ひとまず、朱燐と夏雪が間仕切りの向こうへ隠れる。

その間も足音が一歩ずつ近づき、扉が開いた。

「誰かいましたか？」

現れたのは、やはり哉鳴だった。

いつもは昼間に訪れるのに珍しい。

「な、なぁーにぃー？」

蓮華は平静を装った。が、声が上擦っているし、苦笑いになってしまう。夏雪に大根役者と言ったばかりなのに、我ながら下手くそか？

「いえ」

哉鳴は一瞬だけ、小首を傾げるが、すぐに微笑した。

その微笑が……いつもとちがう気がして、蓮華は言葉に詰まる。

なんや、優しげ？

「もう一度、笛を聞いてほしくて」

哉鳴が懐から取り出したのは、金木犀の紋が入った横笛だった。玉玲が典嶺帝から賜ったとされる品。哉鳴にとっても、玉玲にとっても、思い出の笛であった。

彼の考えは、よくわからない。

でも、今は……裏はないと判断した。

「ええよ。聞かしてや」

蓮華は部屋の椅子に腰かけ、哉鳴を見あげる。

続き間にいる朱燐たちが気がかりだが、哉鳴を追い返す理由もないし、逆に怪しまれてしまう。

それに、蓮華は哉鳴の笛を聞いてみたかった。

彼の顔持ちが、いつもより穏やかに見えたからだ。やわらかい雰囲気や、繊細な表情が玉玲とそっくりである。

「では、一曲だけ」

哉鳴が歌口に息を吹き込む。

指の動きにあわせて、笛の音は独特の調子を奏でる。ゆったりと流れる時間を感じさせられ、蓮華は嫌いではなかった。頭の中に、雄大な自然を描いた水墨画が浮かんでくる。

昼間と同じ曲なのに、明確に響きが変わっていた。

「自分、ええ顔するようになったやん」

曲が終わり、蓮華はつぶやいた。名残惜しい音色の余韻が、まだ部屋に漂っていた。

哉嗚は口から笛を離し、ニコリと笑う。

その視線が……朱燐たちの隠れている続き間に向けられているのに気づき、蓮華は秘かに緊張した。

「あなたは、僕のものにしたかった」

哉嗚の根底にあるのは、天明への対抗心……しかし、いまはちがう感情がうかがえた。純粋に、ただ蓮華が欲しかったと言っているように聞こえる。

いままで、哉嗚の言葉はなにも響いてこなかった。本心がどこにあるのかわからず、常に霧に包まれている得体の知れない不気味さを感じていた。

でも、目の前にいる哉嗚は、澄んだ水みたいに、ありのままを映していた。

「引き留めてもいいですか？」

やっぱり、バレとるんか……。

蓮華ははぐらかそうと笑ってみせたが、無駄のようだ。しかし、哉嗚は朱燐たちの存在を認識していながら、事を荒立てようとしない。

「ずっと、ここにはおられへん。でも……うちは……」

　多くの人々の安全を思うと、蓮華は皇城から逃げるべきだ。けれども、夏雪を置いていけなかった。そうするくらいなら、自分が留まったほうがいい。

　そんな蓮華の迷いを悟ってか、哉鳴は微笑した。

「鴻蓮華は病床に臥し、誰も近づけないということにしましょう。僕なら、医官に適当な診断をさせられますよ」

　意外な提案に、蓮華は目を見開いた。

　ここへ閉じ込めたのは哉鳴なのに、どうしていまさら、蓮華に協力してくれるのだろう。

「気づいたのです。蝶は檻にいるよりも、自由に舞うほうが美しい」

　蓮華の疑問に答えたのだろうか。抽象的すぎて、イマイチわからない。蓮華は頭を掻きながら、息をついた。

「むずかしいことは、ピンと来んわ。ちょっと野球に喩えてくれへん？」

「わからなくて結構ですよ」

　ノリが悪い。天明なら、シンプルに「もういい」とか言いそうだ。いや、結局は一緒か。やっぱ、兄弟やんな？

「まあ……おおきに」

感謝もなにも、哉鳴は蓮華を閉じ込めた張本人だ。天明を都から追い出し、秀蘭や劉貴妃にもひどいことをした。決して許せない男である。

だが、見逃してくれるのは、素直にありがたい。

踵を返して背を見せる哉鳴に、蓮華は笑顔を向けた。

四

哉鳴が黙認したおかげで、皇城からの脱出はすんなりと成功した。あっさりとしすぎていて拍子抜けだ。

「夏雪と陽珊……大丈夫やろか……」

走りながら、蓮華は目を伏せた。いくら哉鳴が逃がしてくれたと言っても、心配なものは心配である。

前を行く朱燐が、チラリとこちらをふり返った。

それにしても、朱燐は足が速い。さすがは、芙蓉虎団の朱い彗星。しばらく運動不足が続いていた蓮華は、ついていくので精一杯であった。

「このような策しかなくて、申し訳ありません。ですが、陳賢妃も覚悟のうえでございました」

夏雪の覚悟は聞いた。蓮華に比べると、高潔な貴族らしい。凰朔の貴族たちが、みんな同じ考えだったらいいのに。

「貴族として、とおっしゃっていましたが……本当のことを話すと、陳賢妃はなによりも鴻徳妃が大切なのです」

夏雪は以前に、家の利益よりも蓮華を優先すると言ってくれたことがある。あのときは、大げさだと思ったけれど、いまになって、彼女の宣言は本物だったと見せつけられた。

「必ず迎えにいこう」

哉鳴がどこまで信じられるかわからない以上、不安は拭えない。それでも、蓮華は助け出してみせると、決意する。

「それにしたって、朱燐が猛虎団を率いとるなんて……立派になったんやなぁ……頼りにしとるで！ よっ、大統領！」

湿っぽい話にはしたくない。蓮華は少し見ないうちにたくましくなった朱燐の肩を叩き、しみじみとする。

「鴻徳妃のおかげです。凰朔真駄武（まだむ）の強さを、たくさん学ばせていただきました」

「うちは、なんもしとらん。全部、朱燐ががんばっただけや」

「いいえ。鴻徳妃に守っていただいた命ですから……猛虎団の者も、みんな感謝しているのです」

朱燐の笑顔に浮かぶのは、以前のような愛らしさだけではない。凜とした孤高の花を連想させる強さがあった。

朱燐は貧民街で生まれ、秀蘭に拾われた娘だ。蓮華のもとで働いているときから、野球に勉学に、様々な才能を開花させていた。そして、厳しい官吏登用試験に合格し、皇城での嫌がらせにも耐えて職務に励んで……そんなとき、政変が起こったのだ。

「朱燐たちのほうが、大変な目に遭うとるやろ。せやのに、うちはなんもしてあげられへんかった」

猛虎団は皇城を追い出された官吏を中心に結成され、反哉鳴の貴族たちが支援しているらしい。いわゆるレジスタンスだ。そんな集団を、朱燐が束ねるのは至難の業だろう。危ない局面だって、数え切れないくらいあったはずだ。

「鴻徳妃がいなければ、いまの朱燐はございませんでした」

なぁんて、意志の強い面持ちで言われたって……本当に蓮華はなにもしていない。朱燐たちの危機に、蓮華は閉じ込められていただけなのだから。

「鴻徳妃に、助けていただいた恩返しです」

朱燐が官吏登用試験を受ける際も、似たことを言われた。

蓮華はすぐにお節介を焼きたがるが、限界があり、相手の人生を一から十まで見られない。

けれども、蓮華が手を差し伸べなくとも、朱燐はこんなに頼もしい。

なんや、子離れみたいやなぁ……。

「そういや、もう後宮は解散したんやから、うちは徳妃やないで」

徳妃は後宮内での階級だ。後宮がなくなってしまった今、蓮華の呼び方としては相応しくないだろう。

指摘すると、朱燐は「たしかに」と笑い返してくれる。

「では、鴻正妃」

「そ、それは……なんかこう、ハッタリやから許してや！」

瞬間的に、カァッと熱くなった顔を隠しながら言うと、朱燐はクスクスと声を立てた。

「主上は、必ず正妃にするとおっしゃっていましたよ」

「ええっ!? 主上さん、なに言うてはるん？」

「とても堂々と宣言していらっしゃいました」

「ま、マジか……」

蓮華のいないところで、勝手に。いまは梅安から出ているらしいが、もう一度会ったら、文句を言いたい。

「さあ、蓮華様。こちらへどうぞ」

呼び方は結局、「蓮華様」で落ちついたらしい。などと思っている間に、朱燐は大きな屋敷を示していた。

豪華絢爛というよりは、優美さが漂う佇まいだ。スケールは大きいものの、無駄に権力を誇示する装飾は施されていない。

誰ん家やろ……蓮華はポカンと口を半開きにした。

「陳家のお屋敷です——ようこそ、蓮華様。猛虎団の根城でございます」

朱燐は力強く告げた。

猛虎団の根城へ入る手順は複雑であった。陳家の正門から堂々と入れてしまっては隠れる意味がないので当然だ。

まず、べつの空き家の庭にある涸れ井戸をおりた。その涸れ井戸も迷路になっており、道順を知る者でなければ攻略はむずかしい。朱燐いわく、まちがうと罠が発動して怪我、最悪は死んでしまうようだ。こっわ。

様々な手順を踏みながら、狭くて入り組んだ地下道を抜けると、広い空間に出た。地下での位置関係はよくわからないものの、たぶん陳家の下なのだろう。広場になっており、何人もの男女が、忙しそうに作業をしていた。

「こりゃあ、すごい……」

よくもまあ、これだけの地下施設を造りあげたものだ。蓮華は感嘆の声を漏らした。するとと、広場に集まっていた人々の視線が、蓮華に注がれた。

「鴻徳妃……！」

「本当に無事でいらっしゃった！」

知っている顔も、知らない顔もいる。みんな猛虎団なのだろう。

しかし、こうも一様に視線が集中すると、なんだかむず痒い。恥ずかしいというよりも、むずむずする。なぁんかサービスしたくなってまう。ここは、一発ドカンと笑わしたろか。

蓮華は笑顔を作り、パンッと両手を叩いた。

「どうもー！　鴻蓮華ですー！　ごめんくさい。あ、これまたくさい〜！」

蓮華は漫才舞台のノリで声を張る。吉本新喜劇ネタまで飛び出してしまったのは、性だ。なんか言わんと気が済まんかったんや。

「蓮華様」

すると、朱燐が真面目な顔を作る。

あれ？　これってもしかして……。

「なんの匂いもいたしませんが……」

「スベったー!　スベってしもたー!」

前提知識なしで、いきなり新喜劇ネタはキツかったようだ。この数ヶ月、陽珊とばかり話していたので感覚が鈍っていた。

笑いの道は一日にならず。奥が深いわ。知らんけど。

「鴻徳妃!」

いきなりスベって意気消沈していると、一際高い声があがった。

一同の中から歩み出たのは、見覚えのある顔だ。

「劉貴妃……!」

劉天藍。劉家の令嬢にして、後宮の貴妃を戴いていた娘だ。

蓮華とは、後宮で野球を競った仲である。武家に生まれた才を活かして、籠城戦の指揮を執っていた。そのせいで、後宮の妃なのに解放されず、地下牢に閉じ込められていたと聞いている。

凜とした強い眼差しや、背筋を伸ばした姿勢のよさは変わらないが、全体的に肉が削げて痩せた印象だ。地下牢から救出されたものの、なにもかも元通りとはいかないのだろう。

「もう、徳妃ちゃうけどな」

「そうですね、あたくしも。よろしければ、天藍と」

「ほな、うちも蓮華で」

お互いに笑いあうと、後宮の日々を思い出す。こうやって仲よく話していたら、すかさず夏雪が「わたくしのほうが、蓮華と仲がよいのですからね！」と、無駄に張りあってきた。

でも、夏雪は……蓮華は考えないようにして、首を横にふる。きっと、大丈夫や。哉嗚はいけ好かんヤツやけど、約束は守ってくれると信じとる。

「蓮華よー！　我が娘！」

両手を広げて出てきたのは、鴻柳嗣。蓮華の父である。少しうしろから、侍郎をつとめていた李舜巴も顔を出していた。

「お父ちゃん！　舜巴さん！」

猛虎団の後方支援役として忍ぶなど、派手好きの柳嗣には苦痛かもしれないが、大丈夫だろうか……と、思ったが、あいかわらず、衣は金ピカ派手派手でまぶしい。なんやかんや、上手いことといってそうな雰囲気だ。

その他、露生をはじめ皇城や後宮で見た面々が多く並んでいる。みんなの無事を確認できて、蓮華は心底安堵した。

「秀蘭様は？」

天藍と一緒に救出されたと聞いているが、ここにはいない。

秀蘭は蓮華の向かい側の独房にいた。蓮華が地下牢から出たあとのことは不明だし、どんな状態なのか気がかりだ。

「秀蘭様は、別の場所で休まれています。ずいぶんと体力が落ちてしまわれて。でも、命に別状はございませんので、落ちついたらあいさつしましょう」

朱燐の説明に、蓮華は目を伏せる。やはり、あの環境での生活は過酷だ。天藍でさえ、こんなに痩せている。

「早速ですが、鴻徳妃……いえ、蓮華」

天藍が神妙な面持ちで切り出した。こちらまで引き締まる、ピリリとした緊張感が漂う。

「延州からの連絡が入りました。主上の挙兵が、ついに決まったそうです」

「挙兵……」

天明は延州で挙兵の準備をしていると、露生は言っていた。あの間に、事態は刻一刻と進展していたようだ。

「兵を集めるんに苦労しとるって聞いたけど」

「ええ。主上は血の滲むような努力をしたそうですよ。蓮華のために」

天藍は笑いながら、蓮華の手をにぎる。

「なんと、野球の試合を三十三回も四月にわたって行ったそうです」

「は？　なんでや？　主上さん、野球関係ないやろ？」

まったく話が呑み込めない。挙兵のために、どうして野球を？　蓮華の頭の中が「？」マークで埋め尽くされた。ちゅうか、なんでその数字が出てくんねん。

「とにかく、苦労されたと聞いています。奮闘する主上のお姿に胸を打たれた諸侯たちが、力を貸してくれたそうです」

「なんや、ええ話風に聞こえるけど、わけわからへん……奮闘って、野球やろ？」

「ええ。野球にございますよ」

蓮華の言った前世ネタに対して、周囲が「なんやそれ？」と反応するのはいつものことだが、逆のパターンがあるとは、想定外だった。

「猛虎団は、主上を支援するため活動してきました。挙兵の報せを聞いて、団員はみな喜んでおります」

呑み込めていない蓮華を置いて、朱燐も笑った。

猛虎団の面々が声をあげながら拳を突きあげる。みんな、このときを待っていたと言わんばかりだ。

「ちょ、ちょっと、待ってや……」

蓮華だけ戸惑いを隠せない。べつに、もう天明が野球をした話はいいのだけど、引っかかりがある。

「挙兵っちゅうことは……その……戦争するって、ことなん？」

籠城戦の光景を思い出した。

焼け落ちた建物。途方に暮れて泣き喚く女官。怪我をして運ばれていく人々。敵だからと簡単に奪われる命。

考えるだけで、身が震える。

「当然、主上さんは……都を目指すんやろ……？」

天明の目的は梅安と帝位の奪還だ。戦場は必然的に梅安である。もはや国が割れる内戦だ。このままでは、たくさんの人が死んでしまう。

そんなの、嫌だ。

天明の目指す政は、太平の維持だった。戦争なんて望んでいないはずだ。それなのに、政権を取り返すには争うしかない。

朱燐から、蓮華に市民を救ってほしいと頼まれた。でも、蓮華はそれよりも、争いがなければいいと思っている。

「蓮華。あなたが優しいのは知っていますが、衝突は避けられません。被害を最小限にするために、あたくしたちは動かなければならないのです。蓮華も協力してくれるのでしょう？」

天藍の口調が強すぎて、蓮華は目を伏せる。

「先に仕掛けたのは向こうです。我々は当然の抵抗をしているだけ」

「でも……」

蓮華はあきらめたくない。

なにか方法はないのか。

哉鳴を説得して、降伏させる？　それがむずかしいのは、彼と話した蓮華が一番よく理解している。哉鳴は蓮華を逃がしてくれたけれど、善人ではない。天明と戦いたいとねがっている。

「なんとか、平和的な争いにできへんやろか。たとえば、そう。野球とか……野球とか……アカン、野球しか思いつかへん！」

「蓮華様」

朱燐も、申し訳なさそうに目を伏せている。

「なんともならへんのかな……？」

戦争など、蓮華の手が及ばない領域だ。知識もなければ、経験もない。理想論だけ並べたって無駄だった。

無力や……。

皇城に捕まっている間も、脱出してからも。

蓮華には、なにもできない。朱燐たちの言うように、市民の被害を抑えるため、旗を振るくらいしかなかった……胡散臭い仙女の設定を演じるのも、やや抵抗がある。

大阪のオカンなら、こんなときどないするやろ？

いつもニコニコ明るく冗談を言って、相手の懐に入っていく元気なオバチャ……いや、清く正しい大阪マダム。ずっとずっと、蓮華の目標だった。いつだって前を向いてシャキッとする姿に、蓮華は憧れていた。

蓮華がもっと上手くやっていたら、哉鳴だって説得できるかもしれないのに。

かくなるうえは、もう一度、皇城に戻って――。

「ん……皇城に……？」

蓮華は自分で自分に引っかかりを覚えた。

「あ……！」

しばらく考えていると、蓮華の頭にピカッと光が灯る。雷に打たれたみたいに、一気に考えがまとまっていった。

「あれやー！」

気がつくと、誰よりも大きな声で叫んでいた。

逆転サヨナラ　大阪マダム、春の陣！

一

雪が溶け、陽射しが麗らかになったころ。

哉鳴の足どりは平坦だった。一定の歩調で、いつもの回廊を進んでいく。

「陛下は、よほど鴻蓮華が気に入ったようだ」

そのような声も、どこからともなく耳に入る。誰が言っているのかは知らないが、あえて特定するものでもない。

蓮華が流行り病に倒れてからも、哉鳴は部屋を訪れていた。出入りするのは彼女の侍女と医官だけ。万が一、伝染すれば一大事と、近習たちから忠告されているが、止めるつもりはなかった。

哉鳴が部屋の前まで来ると、衛士たちが道を空ける。

甘い香の漂う部屋は噎せ返るようだ。病人の匂いを消すため、強めの香を焚くのが貴族の習わしである。

寝台に横たわっている娘に、哉鳴は視線を向けた。

「蓮華様は、本日もお加減が芳しくありません」

侍女の陽珊が形式的な礼をしながら告げる。

「わかっていますよ」

哉鳴は短く断って、寝台の横に用意された椅子に腰かけた。

すると、寝台の娘が、こちらに視線を向ける。

「また来たのですか」

呆れた声音でつぶやくのは、鴻蓮華ではない。

蓮華と入れ替わった陳夏雪だ。不機嫌そうに身体を起こしながら、夏雪は哉鳴を睨みつけた。

哉鳴は、蓮華と夏雪の入れ替わりを黙認し、誰も入室できない環境を作ってやった。

本当は、わざわざ哉鳴が彼女らの入れ替わりにつきあってやる義理はないし、蓮華との約束だって、いくらでも反故にできるが……。

「あなたも物好きですね」

夏雪はつぶやき、息をつく。

「毎日、僕が訪問していれば、あなたたちの偽装が露見しないでしょう?　都合がいいのではないですか?」

哉嗚は当然の返答をした。

「そういう意味じゃないわ」

哉嗚は軽く首を傾げてみせた。

「あなたも、蓮華が好きなのね」

声音は淡々としているが、夏雪が蓮華を大切に想う気持ちが滲み出ていた。

同じ想いを、哉嗚も蓮華に抱いているというのか。

考えたこともなかった。天明が持っていたものを、すべて奪いたい。それだけのために、蓮華も手元に置いていた。

「さあ……どうでしょう」

ただ、蓮華を手に入れたい気持ちに相違はなかった。

夏雪の指摘どおりなのかもしれない。

以前は手段など、どうでもよかった。得た権限を使って蓮華を閉じ込めて、それで満足していたのだ。

けれども、今は……天明を打ち負かして、彼女を手に入れたい。

大差ないのだろうが、哉嗚の中では明確にちがいがあった。

「わたくしを甘く見ないでちょうだい。蓮華と一番仲がいいのは、わたくしなのですから。蓮華に悪い虫がつくのは、困るのよ」

「虫ですか」

「ええ、そうよ」

夏雪は臆さず言い切った。この場で声をあげて、夏雪の正体を周囲に明かしてもおかしくない状況なのに。

「肝に銘じておきましょう」

哉嗚は軽く笑って、席を立つ。あまり長居をする意味はなかった。

部屋に漂う甘ったるい香りも、こちらを見あげる女の顔も、もとより興味はない。

延州に陣を張っていた天明が挙兵した。

意外でもなんでもなく、むしろ、「ようやくか」と感じた頃合いだ。哉嗚は玉座にて報告を聞き、無感動にうなずいた。

「それから……」

続きの報せがあるのか、書簡を読みあげる男の顔が曇った。

「聞きましょう」

哉嗚は面倒に思いながら、先をうながした。悪い報せだろうか。どうせ、聞かねばならないのだから、勿体(もったい)ぶられると煩わしいだけだ。

「は……これを機に、中立を保っていた貴族の一部も、反乱軍に加勢を表明しております。おそらく、先導する貴族がいるのですが、はっきりと足どりがつかめず……」

「兵差は？」

そんな情報など、どうでもいい。どうせ、陳家辺りの仕業だろう。知りたいのは、衝突したときの兵力差だ。哉嗚が短く問うと、男は一瞬、口を噤む。

天明が延州で建て直しを図り、再起をかけるのはわかりきっていた。だからこそ、哉嗚は中立派の貴族たちに目を光らせ、旧貴族の横暴も無視して利権を与えていたのだ。引き締め政策は、天明の問題を片づけたあとでよい。

「おそらく……五分かと」

当初の見立てでは、こちらに六分であった。そこから減らしたのは、哉嗚の失策か、それとも、天明の奮闘か。因果をいま判断するのはむずかしいし、無意味であった。

「それと、主上」

「話せ」

追加の報告があると、伝令の男は居座った。哉嗚は引き続き発言の許可を与える。

「……実は、主上と謁見したいと申し出る者がおりまして」

「謁見？」

哉嗚は眉間にしわを作ってみせた。

「山胡――延州の西方にある山岳地帯の部族が、ぜひとも、協力したいとねがい出ております」

山胡は、凰朔の領土内にありながら、長らく交流がなかった者どもだ。かつては、凰朔に対して反抗的な態度をとっていたらしいが、延州を王家が治めるようになってからは、争いをやめ、友好関係を築いていた。

彼らが延州に味方するなら理解できるが、逆に哉鳴の側につきたいというのは、予想外であった。

「使者はここにいるのか」

「は。すぐに」

伝令がうなずくと同時に、廟堂の扉が開いた。

立っていたのは、白髪の女である。虎の毛皮をまとっており、顔つきも凜々しい娘だった。長い手足を露出させており、貴族たちが目のやり場に困っている。

「お初にお目にかかります。浪速族から遣わされました」

山胡とは、凰朔側の呼び名である。浪速族は、彼らの自称だろう。女は恭しく一礼し、玉座の前に傅いた。

「おおきに」

この訛りは、どこかで覚えがある……。

「我らに加勢したいと聞いたが」

　戦鳴は玉座に身を預けたまま問う。

「いかにも」

　女の口調は明瞭で、男に比べても遜色ない。色香はあるが、肉の付き方が戦士のそれである。普段から鍛えているしなやかさだった。

「延州に、長期にわたって皇帝軍を名乗る兵が滞在しております。そのせいで、うちら浪速族が割食ってましてなぁ……神事を三十三回も、四月にわたってやらされて困っとります。正直、しつこいんですわ」

「神事？」

「神に捧げる野球です」

　……なんだ、これは。

　頭が混乱しそうになるが……口調といい、内容といい、蓮華と話している気分になった。蓮華の訛りは、山胡に由来していたのだろうか。

　しかし、野球はともかく、戦鳴に味方する理由だけはわかった。

「あれは蛮族ではないか」

　使者を前にしていながら、貴族から不満の声が漏れる。

　山胡は凰朔の領土に住んでいるが、べつの民族だ。差別意識の強い貴族たちの嫌悪する対象である。

「よいではありませぬか。兵力は多いに越したことはない。むしろ、前線に立たせて盾にできる」

そう提案したのは、孟浩然だ。哉鳴に邪険にされているのを感じとって、挽回の機会をうかがっていた。

兵力が五分であるなら、少しでも味方がほしい。これは合理的な考えだ。

しかし……果たして、天明との対立を理由に、遠方から山胡が援軍を送るだろうか。

「すでに、部族の戦士たちが梅安近郊まで来とります……受け入れぬなら、このまま都を襲います」

強気に発せられる使者の言葉に、哉鳴は眉根を寄せた。

延州を出た天明の軍を背後から急襲するという提案なら、理解する。兵が集まり切る前に挟撃できることが最も好ましい。だが、山胡はわざわざ都まであがってきたというではないか。

「蛮族が」

「野蛮すぎる」

「そのような賊、返り討ちにしてやれ」

貴族たちが難色を示している。

「みなさまのご意見ご感想は、ごもっとも」

山胡の女は、批判をものともせずに両手を広げた。

「なにも、うちらは脅しに来たわけちゃいます。本物の皇帝さんと、友好関係を結びたいんです」

女は流暢(りゅうちょう)に述べながら、貴族たちにも一礼してみせた。

「同盟の証として、部族の女たちを差し出します。みな、芸に優れた選(よ)りすぐりの踊り手でございますから、都では珍しい妙技をお披露目できるでしょう」

友好の証として、女を献上する行為はおかしくない。広義の意味で言えば、婚姻のために子女を嫁がせる政略結婚も、それに当たる。山胡の提案は弁(わきま)えたものであった。

「女ならば……」

「あの使者も、なかなか整った面立ちじゃ」

貴族たちの意見が揺らぐ。

だが、哉嗚はすぐに返答ができなかった。

都合がよすぎる。即答できない。

「陛下、よろしいのではないでしょうか。いまは、少しでも兵が欲しいとき。彼らを受け入れ、逆賊を滅ぼしてしまいましょう!」

いっそう高い声をあげたのは、孟浩然だ。

禁軍の現総帥をまかせられている男の提案に、貴族たちの空気が一気に賛成へ向かった。

まったく、流されやすい奴らだ……。

ここで異を唱えられるほど、哉嗚は絶対の権力を有していない。何事も徐々に、ゆるやかに成さねば反発が起きる。

天明と同じ轍は踏まない。

「受け入れましょう」

哉嗚は答えながら、身体の力を抜く。

ままならぬものだ。

哉嗚は玉座に就き、養父を殺し、貴族たちのうえに立っている。

だのに、なにひとつ手に入れた気がしない。

脳裏を天明の姿が過り、蓮華の言葉がよみがえる。

超えなければ。

人知れず、奥歯を嚙んだ。

二

その日の都には、異質な空気が漂っていた。

蓮華は物陰に隠れて様子をうかがう。目立たないよう、頭巾を被り、マフラーで口元まで覆った。

目抜き通りを闊歩しているのは、梅安の人々ではない。虎の毛皮をまとい、手や足を大いに露出させた見目麗しい美女軍団が皇城に向けて行進していた。なんでも、特別な踊りを披露するらしい。舞台や小道具も持参したという話で、木造の大きな台車が運ばれていく。

浪速族。凰朔では、山胡と呼ばれる部族だ。此度、哉嗚の軍に味方するという名目で、梅安に駆けつけた。

「どうも〜、浪速族です〜。よろしゅうたのんます〜」

市民へのアピールなのか、浪速族の女たちは愛想のいい笑みで、呼びかけながら紙を撒いている。ビラのようだ。紙は高級品なのに、贅沢な。

「な、なんだこれは……」

「割引……券……？」

蓮華は市民に交じって、浪速族の撒くビラを拾った。

「こ、これは……！」

そこに書かれた文字を見て、蓮華は両の目をカッと見開いた。

『いまだけ！　大特価！　五割引券！』

こりゃあ、心躍る文言やないか……!

蓮華の手が震える。正直、浪速族の踊りにも興味はあるが、それ以前に、この字並びには心がざわついた。いまにも走り出したくてウズウズする。

どうやら、皇城でのステージのほかに、梅安の劇場でも公演するようだ。山胡と蔑まれる蛮族のイメージを払拭するために、こうして、割引券を配って集客しようとしている。

それにしたって、このような割引券の文化は凰朔国にはない。しかも、こんなにも直球で、蓮華の胸に語りかけてくるワードの連発……きゅん。

「って、あかんあかん。なに誘惑に負けとんねん」

蓮華は首をブンブンふって、頭をコツンと軽く殴った。

大特価なんて文字列にときめいている場合ではない。蓮華には、猛虎団の計画のため、やらねばならない仕事があるのだ。

蓮華は踵を返して、その場を立ち去ろうとする。

「待て」

だが、人混みに紛れている蓮華に、何者かが声をかける。

「うちですか?」

ふり返ると、禁軍の鎧をまとった兵士が歩いてくるところだった。

これは……職質！

顔を隠していたので、不審者扱いされているのかもしれない。いや、されている。

さすがに、まずい。

いま皇城から逃げ出したことを悟られてはいけない。猛虎団との関わりなんて知られたら、一発アウトだ。

「………」

ここで蓮華がとるべき選択肢は、一つしかない。

「すんませーん！」

蓮華は叫びながら、路地裏に向かって走った。

捕まれば終わりだ。調べられたら、鴻蓮華だとバレてしまい、皇城で偽者を務める夏雪たちに危険が及ぶ。

蓮華は、目抜き通りを一心不乱に駆け抜けた。

「芙蓉虎団の投手、舐めたらあかんで……！」

気合いで全力疾走するものの、逃げ果せるのはむずかしい。コ・リーグ現役時代ならともかく、皇城での軟禁が長くて体力が戻りきっていない。

それでも、蓮華は根性で露地の角を曲がった。ここを行けば、道がさらに狭くなる。ごっつい体格の兄ちゃんたちには、走りにくいだろう。

「堪忍してや！」

蓮華は露地に立てかけてあった木材を蹴飛ばし、樽を転がす。障害物だ。

「しつこいわ！」

しかし、兵士たちは、まだ粘って追ってくる。こんなときに、滑る階段があれば、面白いくらい引っかけられるのに。

蓮華は再び角を曲がった。

「ひえっ」

足元に石があることに気づかず、蓮華は前のめりに転倒してしまう。手を前に、ズベーッと美しく。まるで、吉本新喜劇のズッコケのごとく華麗だった。

「待て！」

頭巾がとれて顔が露わになるが、気にする余裕などない。蓮華は転がるように角を曲がる。

とにかく、逃げな。蓮華は体勢を立てなおそうとするが、足が滑って上手くいかなかった。

「やば……」

だが、焦る蓮華の腕を何者かが強くつかむ。

追手？　あかん……！

「こっちだ」

短い言葉と同時に、蓮華の身体は小屋の戸に引きずり込まれた。

なんやねん!? と、とっさに叫ぼうとしたけれど、「静かにしなよ」と口元に手を当てられる。

「あんた、鴻蓮華だろ？」

目線だけで確認すると、知らない男だった。でも、どっかで見覚え……猛虎団の団員だろうか。いや、ちがう。

少し経つと、バタバタと兵士が走り去る足音が響いた。その間、蓮華は見知らぬ男と小屋で、息を潜める。

「ぷ……はあ……！」

いつの間にか、息を止めていたらしい。兵士たちがいなくなったあとで、蓮華は大きく呼吸した。

「なんや、ようわからんけど、ありがとさん」

蓮華は胸をなでおろし、助けてくれた男を確認した。背が小さくて、痩せ細っている。やっぱり、知り合いの顔ではないが……あ！

「このあいだ、街で会うた人？」

哉鳴と街に出たとき、貴族に折檻(せっかん)されていた小男だ。記憶が一致した途端、頭がスッキリする。

　言い当てると、小男は不機嫌そうに口を曲げた。

「……祥応だ」

　姓は名乗っていない。いわゆる、名なしだ。

「祥応さんか！　ええ名前や。助けてくれて、ありがとう。うちがここにおる理由は……聞かんといてもらえたら、嬉しいわ」

　蓮華は軽く言って、祥応の手をにぎった。祥応は意外そうに目を丸くしながら、蓮華の顔を見つめる。

「べつに……助けてもらったから……俺はお前らみてぇな貴族が嫌いだ。勘違いするなよ」

「うち、貴族やないし。でも、恩返ししてくれたんやな。おおきに。助かったわ。よかったら、飴ちゃんどうぞ」

　猛虎団のアジトで、飴を少し作ったのだ。いつも懐に飴があると、いざというときに配れて心強い。果実味とはいかないが、それなりに美味しいと自負している。

　蓮華は笑顔で、祥応の手に飴をにぎらせた。

「さっさと行け！　借りを返しただけだ！」

　祥応の身体には、いくつも痣があった。折檻をされるのは、あの場の一回ばかりではなく、日常的なものなのだろう。彼の暮らしを考えると、蓮華は胸が苦しくなった。上流階級にいい感情を持たなくて当然だ。

「ほんまに、ありがとうな」

なのに、蓮華を助けてくれた。嬉しくて、蓮華はもう一度お礼を言う。

祥応は蓮華と目をあわそうとしないけれども、にぎりしめた飴を捨てることもできないようだ。

申し訳なさと、苦しさを抱えながら、蓮華は祥応に背を向ける。

三

郭露生は息をつく。

いつの間にか、己を隠してばかりの人生となっていた。とはいえ、不満はない。

露生は何食わぬ顔で官吏の列に加わり、酒宴を見守る。

後宮にいるころは、天明の恋人役として周囲を欺いていた。しかし、皇城に戻ったところで上手くいかず、男として官吏登用試験を受けようとした。が、女の身でありながら、試験に挑戦する朱燐に感化されて辞退したのだ。

露生の略歴は、嘘と紆余曲折だった。

なのにいまは、黄英翔の名で、官吏の列に加わっている。猛虎団の密偵としてだが、この場に並んでいるのが不思議だ。

皇城の広場には、浪速族によって持ち込まれた特設舞台が鎮座している。それを囲うように篝火が並べられ、煌々と照らしていた。

一段高い位置には、主だった貴族たちの席が設けられ、その奥に玉座がある。

玉座にいるのは天明ではない。

涼しい顔で盃を持つ男を、露生はいつの間にか睨みつけていた。

別段、天明に特別な感情はない。恋仲だと噂を流布した過去はあるが、実際には大して深い仲ではなかった。二人きりで楽しむふりをしながら、部屋で互いに書を読んで過ごすのが常だ。同志のようなもの。そういう認識だ。

皇子だったころの天明は、皇帝になる気などなかった……しかし、天明が即位するとき、露生は「そんな気がしていた」と思ったのだ。露生は彼の治世を見たかったのかもしれない。

だから、この場に天明がいないのは……無性に腹が立つ。

「さあ、皆々様。よーく、ご堪能ください」

浪速族の女が両手を広げて、舞台の前に出る。

露出が多く、扇情的な衣装だ。凰朔では、女性が足を見せるのは好ましくなく、長い裙を穿くのが一般的だ。けれども、酒宴に着いた貴族たちは、物珍しそうに女たちをながめて笑っている。

「よいながめですな」

「こういうのも、悪くない」

古くから凰朔を支える貴族たちは、伝統を重んじている。それが彼らの主張だ。だが、目の前にいる者たちは女の色香に鼻の下を伸ばしている……露生は袖で口元を隠して、ため息をついた。

そんな好奇の視線を受けながら、浪速族は演目を開始する。流麗な二胡（にこ）の音が鳴り響き、それにあわせて女たちが身体をしならせた。

独特な動きだ。というより、同じ人間なのだろうか。関節をやわらかく使って、身体をあり得ない方向に曲げたり、開いたりしている。そのうえで、細い棒を持って皿を何枚も回していた。次の演目では、少女が口に盃をのせたまま後方に倒れて、足と腕で地面を支える橋のような体位を保っている。

これには感嘆の息が漏れた。

目のやりどころには困るものの、まさに「妙技」だ。最初は邪（よこしま）な視線を向けていた男どもも、盃を置いて惚（ほう）けていた。

中央の女が口に剣を咥（くわ）えた状態で身体を仰（の）け反（ぞ）らせる。そして、その刃をゆっくりと呑み込みはじめた。

「ひ……」

どこから、声が漏れる。遠くから見ている露生も手に汗握った。

やがて舞台のうえに、いっそう華やかな衣装の女が現れる。

他の者に比べると、露出が少なく顔を隠しているが、神秘的な紅(あか)い衣装をまとっている。威風堂々とした優雅な所作に、誰もが目を惹(ひ)きつけられた。

紅い衣装の女は、呑み込まれた剣の柄をにぎりしめた。「まさか……」と思った瞬間、女は身体に入った剣を、躊躇(ちゅうちょ)なく引き抜く。

「おお……!」

されど、剣を呑んでいた者は笑顔で立ちあがる。どこにも怪我はしておらず、口から血が漏れている様子もなかった。どんな仕掛けがあるのか、摩訶不思議(まかふしぎ)な芸である。

紅い衣装の女が剣をふり、舞をはじめた。軽やかで優美で、力強くて……凰朔の伝統的な剣舞である。ここで観客が好む趣向の演技を織り交ぜるのも、構成が上手い。物珍しさだけでは、途中で飽きてしまう。

舞台を彩るように、空へと花火があがった。

酒が進み、酔いが回っていく。

しかし、玉座の哉鳴だけは舞台で踊る女から目を離さず、盃を置いた。そして、傍らに携えていた剣を手にする。

哉鳴の動きには誰も気づいていない——舞台で剣をふる者を除いて。

もう一度、花火があがる。

紅い衣装の女は、軽やかに跳躍して舞台の外へと。そう、玉座へと飛翔する。さながら天女の降臨だ。

誰もが反応に遅れ、唖然としていた。

「お久しぶりです」

哉鳴だけが剣を抜き、迎え撃つように切っ先を女に向けていた。

女の顔を隠していた薄布が、地面に落ちる。

「帰ってきたぞ」

花火によって照らされた女の顔は——都を追われたはずの皇帝、凰亮天明であった。

その瞬間を合図に、舞台の壁に使われていた板が次々と外れる。

「やーっと、俺らの出番ってことよぉ！」

解体された舞台から出てきたのは、武装した戦士たち。鉄の棒をふり、嫌に威勢がいい小柄な娘も交ざっている。

露生は幕開けを確認して、そっと持ち場から離れた。

四

「お。きたで、きたで！」

皇城の空に、花火があがった。

三発、派手なのがドカーンと夜空に咲いたのを確認して、蓮華は意気込んだ。

都が戦場になるのは避けたい。そのためには、正面から戦わずに皇城を落とす必要がある——哉鳴がやったのと同じように、戦禍を皇城内部の規模に留めなければならなかった。

そこで提案したのが、トロイの木馬作戦だ。

前世、世界史で習ったギリシャ神話である。トロイア戦争において、難攻不落の街を攻略するために決行された作戦。戦場跡に巨大な木馬を放置して、それを城壁内に持ち帰らせる。しかし、その中には実は兵士が潜んでおり、夜のうちに内側から攻撃され、要塞都市が壊滅する……という。

さすがに、丸パクは現実的ではないが、要素は真似できる。細かい修正は、天藍からアドバイスをもらった。

概要は浪速族に協力してもらい、皇城内部に侵入。内側から皇城を攻略するというものだ。

天明は浪速族と四月にわたって野球の試合を行い、三十三回目に勝利したという。そして、浪速族の協力を得ることに成功した。

天明は負けるたびに、地面に頭をこすりつけて「もう一戦!」と懇願したらしい。あんなに野球はしないと言っていたのに……三十三戦、四ヶ月間もつきあってくれた浪速族にも、感謝しなければならない。

天明のおかげで、浪速族は味方だ。天明と敵対するふりをして、皇城攻略を手伝ってくれた。

「いくで……!」

蓮華は猛虎団の装束に身を包み、木製バットをにぎりしめた。

この作戦は危険を伴う。両軍の全面衝突は避けられるものの、皇城での戦闘は必定だ。理想は早々に哉鳴を捕らえて勝ちを宣言することだが、向こうだって抵抗するはず。

作戦の間、蓮華はアジトで待っていろと言われていた。誰も傷つけたくない蓮華には、今回の皇城攻めは過酷だ。

けれども、蓮華は行くと決めている。

「夏雪、陽珊……待っときや」

蓮華のために、夏雪と陽珊が残っている。

いち早く駆けつけて救出しなければならない。

「さあ、参りましょう」

先頭に立つのは、劉天藍。後宮での籠城戦を指揮したときと同じく、堂々とした振る舞いであった。兄の清藍は、いまごろ、皇城内で大暴れしていることだろう。

猛虎団のメンバーと一緒に、蓮華は飛び出した。目指すは、皇城と後宮を繋ぐ抜け道である。蓮華たちは、空っぽになった後宮に潜んでいたのだ。

芙蓉殿の裏手が一部、生け垣になっている。手入れがされず、ずいぶんと荒れてしまったが、蓮華の中で懐かしい気持ちがわき起こった。

主上さんが、よう行き来しとったなぁ……。

公式に後宮を訪問すると手続きが面倒だからと、天明がこの抜け道を使用して、芙蓉殿に来ていた。そして、いつもたこ焼きをたらふく食べて、職務へ戻っていくのだ。

また主上さんに粉もん焼いてあげな。

天明は、いま一番危険な場所にいる。結局、バタバタと準備をしてしまい、襲撃前に再会は叶わなかった。話したのは、皇城に侵入したときが最後である。

会いたい。

そんなことを考えている場合ではないのに。

「何者！」

「侵入者だ！」

警備に渡る情報は、いまごろ露生が攪乱しているはずだ。この辺りは手薄になっている予定だが、ゼロではない。

皇城へ入った途端に、蓮華たちは衛士に遭遇してしまう。蓮華は怯んで立ち止まるが、他のメンバーは勇猛に向かっていった。籠城戦のときには見られなかった光景……猛虎団として、数々の修羅場を潜り抜けてきたからだ。

「行きますよ、蓮華」

尻込みする蓮華の手を、天藍がにぎる。好戦的で楽しげな笑みが浮かんでいるのは、戦いに血が躍っているからか。彼女にとって、後宮の妃でいるよりも、こうして争いに関わっているほうが楽しいのだ。

蓮華は天藍に手を引かれながら走る。この場を他の者にまかせて先へ行くのは気が引けるものの、蓮華は大して役に立たない。

団員たちへの指示は、すでに通っている状態だ。天藍がいなくとも、首尾よく運ぶだろう。

「蓮華、道はわかりますか？」

「まかしとき！」

蓮華が軟禁されていた部屋の場所は覚えている。

「こっちにいるぞ!」

けれども、再び行く手を阻むように新手が現れた。キリがない。

「こら、先に進めへん」

「そうですね」

蓮華の隣で、天藍が扇を取り出した。が、よく見ると……。

「って、よう見たらなんや刃物がキラリと仕込まれとるやないかい。物騒やねん!」

「武器が必要ですからね」

「そうかもしれへんけどー!」

逆に、丸腰に近い蓮華がおかしいのだ。短剣くらいは持っておいたほうがいいと忠告されたが、やめておいた。そんなもの、蓮華には上手く扱えない。重くて邪魔になるだけだった。

「逃げるで。回り道があんねん!」

天藍は戦えるのかもしれないが、極力、戦闘は避けたい。蓮華は天藍の腕をグイグイ引いてさがらせた。

「あたくしも、お兄様のように殺(や)れますよ」

「あんな筋肉ゴリラと一緒は無茶やろがい!」

「五里……？」

「ええから、行くで！」

ついツッコミを入れてしまう。清藍と天藍は、あまり似ていない。というより、バチバチの武官で前線を張る清藍と、才はありつつも後宮の妃として過ごしていた天藍が同じように戦うのは、どう考えても無理だろう。知らんけど。

とにかく、蓮華たちは追手を撒いて回り道をした。

「なんだと？　厄介だな……」

衛士に遭遇しそうになるたびに、こそこそと隠れていると、会話も耳に入る。

「正門が市民に破られた？　なぜ！」

その情報を聞き、蓮華も首を傾げた。どうして、市民がこのタイミングで皇城の門を？

すると、隣で天藍が得意げに笑う。

「街で興行する浪速族の方々に協力していただきました。賛同した市民を誘導してもらったのです」

天藍が平然と言い放ったので、蓮華は頭が痛かった。

「そんな、市民を利用するような真似……」

「利用ではありません。主に朱燐たちのがんばりですが……猛虎団は少しずつ、市民の理解を得る努力をしてきたのです。それも、すべては主上が梅安への帰還を果たすため」

「だからって」

「強制するような煽動はしておりません。あくまでも、目的は陽動。敵の戦力を分散させるのが最優先です。そして、人々は自らの意思で動きました。彼らは主上を――いえ、蓮華を選んで立ちあがったのですよ」

街の様子を見るに、市民たちが抱える貴族へのフラストレーションは爆発寸前だった。蓮華への異様な信仰も、その顕れだろう。

「そないなこと……」

蓮華はゆっくりと前に進んで、景色を見る。眼下が明るいのは、火がついているからだ。そこから、正門を破って雪崩れ込む市民の姿が確認できた。

「祥応……!」

市民の先陣を切った小男に、蓮華は見覚えがあった。

蓮華を街で救ってくれた彼だ。蓮華が祥応を貴族の折檻から庇ったという経緯があるけれど……貴族や上流階級の人間が嫌いだと言っていた。蓮華のことだって、借りがあったから返したに過ぎない。

なのに、こうして自ら動いている。その姿は、蓮華の胸に強く刻まれた。

「天藍……」

蓮華は、胸の前でギュッと拳をにぎった。

「うち、みんなの期待に応えられるやろか」

もちろん、皇帝は天明だ。蓮華は支える役目。

だけど、こんなに大勢の人が蓮華に期待して動いてくれている。

「応えていただかなくては、困ります。主上にも、蓮華にも」

天藍の言葉に、蓮華は唇を引き結ぶ。

「もはや、事は後宮で寵を競うなどという些事ではないのです。国の行く末が左右される大舞台にございます。もう、降りることは許されません。あなたの行動に国がかかっているのですよ……鴻正妃」

腹をくくるしかない。

進むだけだ。

いつから決まっていた道なのだろう。蓮華が正妃であるとハッタリをかましたときから？　それとも、もっと前から……？

運命なんて信じていないし、そんなものがあるなら抗ってやりたい。

だから、はっきりと言えるのは……蓮華は自分の意思で、ここにいる。後宮に入ったころは、こんなことになるなんて、一ミリも考えていなかった。でも、蓮華は確実に自分の道を自分で選んできた。

「うち、やったるわ」

ニカッと笑いながらふり返る。

天藍も口角を持ちあげながら、蓮華に応える。

「微力ながら、お手伝いしますよ」

「冗談言わんといて。バチバチに頼りにしとるわ」

後宮で野球をしているときは、友であり敵だった。おっと、芙蓉虎団の成績が振るわへんかった話はナシや。すぐ挽回したる。

仲間として歩むと、天藍はこんなに頼もしい。

独りではない。

いろんな人が支えてくれる……だから、大丈夫や。

❀　❀　❀

騒がしいわね。

夏雪は狭い部屋の窓から、外を確認しようとする。しかし、花火が三回あがった以外は、なにも見えなかった。

「ここは、本当に檻ね」

吐露するように、夏雪はつぶやいた。

部屋は建物の端に位置していることもあり、用でもない限りは、誰の目にもつかなかった。こんな場所で、あの蓮華がよく大人しくしていたものだ。

「そうですね。暮らしがよいだけで、地下牢と大差はないかもしれません」

夏雪に答えるのは、いつも陽珊だ。伝染病で臥せっているということにしてあるので、彼女以外は誰も部屋に立ち入らない。ときどき医官が来て、適当に時間をつぶしたり、哉鳴が軽く話して帰ったりする程度だ。

あの哉鳴という男を、夏雪は好ましく思わなかった。政変を起こしたから、というだけの理由ではない。常に本心を見せず、一定の距離を保つ態度が癇に障る。

貴族同士の会話など、腹の探りあいだ。しかし、哉鳴の場合は不気味さが拭えなかった。

けれども、夏雪を舐めないでほしい。彼が蓮華に多かれ少なかれ、好意ないし興味を持っているのは明白だった。それだけは、わかる。なんと言っても、夏雪は後宮において、蓮華と一番仲がよかったのだから。彼女を好きな人間の反応くらいは判別できた。

蓮華も罪な娘だ。あれでまったく無自覚なのだから……そこがいいのだけれど！

だいたい、蓮華と凧派を一番たくさん行ったのは夏雪なのだ。なのに、夏雪を差し置いて、天明と仲睦まじすぎる。蓮華は気づいていなかったかもしれないが、天明は他の妃になんて目もくれない。どうして、よりによって蓮華なのだ。蓮華は夏雪と仲がいいのに！

べつに、嫉妬などしていない。ただ、蓮華は凧派の最中も「昨日、主上さんがな～」と、暢気に笑うものだから腹が立つだけだ。夏雪と一緒にいるのに、他の男の話なんて……べつに嫉妬なんてしていない。嫉妬していないのだから！

「夏雪様……心のお声が、漏れておりますが……」

陽珊に指摘され、夏雪は口に手を当てた。

「べ、べつに……！　そう。えーっと……わたくしは、後宮で主上の寵を競っていたのですから、蓮華ばかり大事にされて悔しいと言っているのよ！　逆なのですからね！　陽珊がいるのに、本当のことを言ってしまったら、わたくしが蓮華を虐めているみたいではありませんか。だから！」

「ふふ。心得ておりますよ。ありがとうございます」

なにを心得ているというのだろうか。陽珊は鈴を転がすように笑って、夏雪の言い訳を流した。

とはいえ、後宮の妃だったというのに、夏雪には天明の寵を得る気が失せていたのは確かだ。後宮へ入ったころは、あんなに頂点を目指していたのに。

いまは、蓮華のために身代わりなどしている。

どこで変わってしまったのだろう。きっと、蓮華のせいだ。だけど、その変化が嫌ではない。

「なに？　猛虎団？」

「では、ここにも……」

やはり、外が騒がしいのは気のせいではなかった。部屋の前で、衛士たちがなにかを話しあっている。

猛虎団と聞こえた。

蓮華が助けにきてくれた。騒ぎを起こしているのは、朱燐たちでまちがいなさそうだ。

陳家は猛虎団を支援している。その事実を知ったのは、夏雪が陳家に戻ってからだ。皇帝と反皇太后派が争っている間から、ずっと中立を貫いていたが……動くときは、動くのだ。さすがは、凰朔きっての大貴族。夏雪は誇らしかった。

蓮華の奪還作戦が叫ばれた際、夏雪は一番に身代わりに名乗りをあげた。それが義務だと思ったからだ。陳家との関係も断ち、反対を押し切って乗り込んでいる。

危険は承知のうえ。なんだって覚悟していた。

運よく哉鳴が見逃してくれたので、いまはなんとかなっているが、いつ脅(おびや)かされてもおかしくない状況だ。それがわからぬほど馬鹿ではない。

「わたくしは、役目を果たすだけ」

夏雪は椅子に座ったまま、膝のうえで手をにぎりしめた。

そうしている間に、衛士たちが入室する。長い剣が灯りを反射させた。

「また連れ去られても困る」

「陛下の命はないが……仕方あるまい」

馬鹿な真似を。

騒ぎに乗じて夏雪、いや、蓮華を亡き者にしようとしているのだ。蓮華は公には、天明の子を身籠もる、非常にむずかしい立場にある女性だった。殺しておきたいと考える者は大勢いるだろう。

「愚か者ね」

夏雪は気丈に睨みつけながら吐き捨てる。

「顔がちがうような……」

衛士の一人が違和感を覚えたようだが、夏雪は気にしない。椅子から立ちあがりながら、堂々と胸を張った。

惨めに泣き叫びながら命乞いなど、鴻蓮華の最期に相応しくないから。

「娘一人よ。早く殺しなさい。どうせ、侵入者に殺害されたことにでもするのでしょう？　わたくし……いいえ、うちは鴻蓮華。主上がお選びになった正妃ですわ！」

蓮華の訛りを真似て、胸に手を当て挑発した。なかなか上手にできたと思う。最期に、誇らしい。

最初から覚悟していた。むしろ、遅すぎたくらいだ。

蓮華を救えるなら、それでいい。

夏雪はゆっくり目を閉じた。

「待て待て待てぇぇぇい！」

けれども、騒がしい声によって、夏雪の思考は遮られた。

「え？」

派手に物が倒れる音がして、夏雪は目を開く。

ちょうど、後方から殴られて衛士が膝から前のめりになるところだった。それを足蹴にし、跋杜（ばっと）を振り回す女が見える。

「蓮華……？」

乗り込んできたのは、幻だろうか。

鴻蓮華であった。

「なにしてくれてんねん、ドアホ！」

蓮華は喚き立てながら唾を散らし、跋杜をもう一人の衛士に向ける。衛士は混乱している様子だったが、やがて剣を抜こうとした。

「蓮華！」

夏雪は叫びながら、前に出ようとする。

「う……」

しかし、不意に衛士の体から力が抜け、その場に倒れ込んでしまった。ふり返ると、部屋の入り口に劉天藍が立っている。細い筒のようなものを持っており、吹き矢を射たのだと察した。

「うわ……カッとなって、ついやってしもた。気絶しとるだけ？」

あれだけの剣幕で乗り込んだくせに、蓮華は倒れた衛士の意識を確認しはじめた。幸い、二人とも気を失っているだけのようで、すぐに安堵の表情に変わる。

「蓮華……」

夏雪はわきあがる感情を抑えきれずに、膝から崩れていく。さっきまで、なにも怖くなかった。蓮華のためならばと、覚悟が決まっていたはずだ。それなのに、命が助かって、蓮華を前にしたら立ちあがれなくなってしまう。

気力だけで、夏雪は蓮華に手を伸ばした。

「蓮華様ぁ！」

夏雪よりも先に、陽珊が声をあげながら蓮華に飛びつく。堪(こら)えきれなかったのか、目からこぼれた涙が頬を濡らしていた。

「ちょ……わ、わたくしが先なのですからね!?」

先を越された衝撃で、夏雪は叫んでしまった。いつの間にか手足に力が戻り、蓮華から陽珊を引き剝がそうとする。いろいろなものを台無しにされて、あまり気分がよくない。

「二人とも、無事でよかったわ」

夏雪の気持ちを知ってか、知らずか。蓮華は陽珊と夏雪、二人ともを抱きしめながら笑いはじめる。

その顔を見ていると、あふれそうになっていた涙が引っ込んでいく。

「当たり前よ。わたくしは、完璧に蓮華を演じていたのですからね」

夏雪はいつものように毅然と胸を張り、澄ました顔を作ってみせる。

「さっきの関西弁、まだまだやったで」

しかし、蓮華は夏雪の背をなでる。

「え。う、上手くできたと思ったのだけれど」

陽珊を見ると、言いにくそうに「お上手……でしたよ。いつもより……」と苦笑いしている。夏雪は急に恥ずかしくなって、手で頬を覆った。

「みなさま、早く退散しましょう」

真面目な顔で天藍にうながされ、夏雪は我に返る。

「いま、猛虎団と浪速族、主上さんの精鋭で皇城を攻略中や。夏雪と陽珊は、うちらが逃がす手筈になっとる」

蓮華は説明しながら、夏雪に手を差し伸べた。

「ええ。二人とも、おつかれさまです。逃げますよ」

天藍も笑うので、夏雪は安堵した。

やっと、軟禁状態から解放される。なによりも嬉しいのは、皇城攻めが成功すれば、このくだらない政変が終わる。そうすれば、またみんなで一緒に……暗闇の先に、光明が見えた気がした。

四人は早速、部屋を出る。こんな場所に未練はないし、大した荷物もない。

❀　❀　❀

夏雪と陽珊に会えて、蓮華は肩の荷が下りた。

危機一髪だったので、驚いて衛士を殴りつけてしまったが、トラブルなく計画は進行した。

あとは、四人で猛虎団のアジトまで逃げれば、蓮華のミッションは完了だ。

暗い回廊は寂しい。兵が割かれているためか、本当に人がいなかった。皇城内を区切る壁の向こう側で、どこかの建物が燃えているのだけがわかる。

あれは、廟堂だろうか？

「天藍様！」

回廊をしばらく行くと、正面から猛虎団の装束をまとった女性が走ってくる。かつて桂花殿に仕えていた侍女のようだ。

「首尾はどうですか？」

天藍は落ちついた態度で答える。

「は！　各部隊、順調に事を運んでおります。酒宴に参加した貴族も、ほぼ捕縛が完了しました」

その報告を聞いて、蓮華も安心した。

これで全部丸くおさまる。哉嗚の天下は終わり、天明が玉座に戻れるのだ。

正常な状態になる。

「ただ……」

しかし、伝令の顔が曇った。

「主上が未だ交戦中です。哉嗚皇子と廟堂におり、我々には手が出せず……」

蓮華の手から力が抜け、バットがカランと音を立てて落ちる。

もう哉鳴に勝ち目はなく、これ以上の抵抗は無駄のはずだ。たとえ、上手いこと天明を返り討ちにしたとしても、彼に味方する派閥は一掃されているのだから。

合理的ではない。

でも……。

蓮華は、哉鳴が天明に抱えている感情の正体を知っている。あれはもっと激しくて、複雑で。本人もどのように形容していいか、理解していないようだった。

哉鳴は戦うだろう。動けなくなるまで——命が尽きるまで。

そして、天明はまっすぐだ。哉鳴に挑まれれば、必ず受けて立つ。そういう人なのだ。彼は。

「あかん……」

蓮華は震える拳をにぎりしめ、つぶやいた。

「蓮華」

夏雪と天藍が、心配そうに蓮華をうかがうけれど、上手く返せない。視界には入っているが、思考することができなかった。

だけど、それでは駄目だ。蓮華はいま、作戦の途中。投げ出せない。

「と、とにかく……うちらは夏雪たちを……無事に……」

全身から汗が噴き出て、落ち着きがなかった。言葉がしどろもどろになり、上手く舌が回らない。

最善手は知っている。

知っとる……けど……。

「蓮華様！」

いつの間にか震えていた蓮華の手を、陽珊がにぎった。

真正面から見据える瞳には、一切の迷いがない。

「主上のところへ、行ってくださいませ。私たちは大丈夫です！」

陽珊に触れられた手から、震えが止まる。

その瞬間に、思考がクリアになった。一つひとつ、目に入るものが増えて、いつもの感覚が戻ってくる。

「な……蓮華！　危険よ。主上におまかせすべきだわ！」

夏雪の意見は、もっともだ。どう考えても、蓮華にはやれることがない。最悪、天明の足を引っ張るだろう。

でも……！

「天藍、うち……行ってくるわ！」

「蓮華！」

夏雪が縋るような視線を向けてくるが、ここは譲れない。

胸騒ぎがするのだ。

蓮華は行かなければならない。

「それを決めるのは、あたくしではありません……ご自身の判断で、いってらっしゃい」

天藍は微笑んで、蓮華の肩を軽く押した。

夏雪が最後まで袖をつかんでいるが、蓮華が優しく解くと、寂しげにうつむいた。

「必ず……帰ってくるのよ」

「大袈裟やねん。大丈夫やって！」

大丈夫だなんて保証できないが、そう言っておくのがいいと思う。

蓮華は三人に背を向けて走った。

廟堂の場所は覚えている。

玉座から見おろす哉鳴と対峙して以来だ。

あそこは天明の戦場。政の場であり、現在は哉鳴との——。

待っといてや！

蓮華の視線は、まっすぐだった。

五

最黎は――。

最黎なら――。

異母兄の影は、天明に亡霊のようにつきまとっていた。

天明にとって最黎は、光だ。まぶしくて、手を伸ばしても届かない。輝けば輝くほど、自分の至らない影が浮き彫りにされてしまう。

憧れている。

そうではない。

本当は、怖かった。

失ったいまだから、わかる。天明は最黎を恐れていたのだ。

天明の欠陥をはっきりと認識させてくる光源を。だから、自分の影が見えない位置に行きたかった。

最黎に心酔し、彼を皇帝に推し、ひたすらに息を潜める。そのために無能を演じ、女に溺れるふりをした。そうしていれば、自分の欠陥を見ずに済んだのだ。最黎との差に愕然（がくぜん）とせず、現実を前に心を折られることもない。逃げていた。

しかし、もう逃げられない。

燃えさかる炎によって、廟堂は景色を変えていた。

玉座を挟んで右側に立ち、天明は呼吸を整える。

対峙するのは、最黎とよく似た笑い方をする男だ。

「どうして、いままで気づかなかったのだろうな。こんなに似ているのに」

自嘲を込めてつぶやき、天明は剣の切っ先を哉鳴に向ける。帝位の象徴たる宝物、天龍の剣。刃の煌めきは、哉鳴をまっすぐにとらえる。

哉鳴は、ずっと遼博宇の背後にいた。そのときは、彼がこんなに最黎の面影をまとっているとは思わなかったのだ。顔立ちや声もちがう。容姿の共通点と言えば、笑い方くらいだった。

あえて笑っていなかったのだろう。不気味な男だと感じていたが、紐解（ひもと）くと真相は単純だった。

こうして相対すると、嫌でも思い出す。

彼の光を、まぶしさを、自らの欠陥を……。

「気づかれない自信がなければ、顔を晒すような真似はしませんよ」

当然のように言いながら、哉鳴は天明に剣を突き出す。天明は剣先で攻撃をいなし、いったん距離をとる。

やめろ。

その顔は、やめろ。

哉鳴の微笑が近づくたびに、天明の足はうしろへとさがっていた。攻めるべきときに攻められない。身体が躊躇してしまう。

もう吹っ切れたはずだ。

いまさら、亡霊に怯えるな。

「鴻蓮華」

不意に、哉鳴の口から予期していなかった名前が出る。それが余計に、天明の焦燥感を煽り立てた。

「あなたの子を懐妊しているなんて、嘘だったのでしょう？」

「…………」

蓮華がそのような嘘をついていたのは、天明の耳にも入っている。おそらく、そうでもしなければ、彼女の命は助からない状況だったのだろう。

「でも彼女は、処女でしたね」

余裕のある声音で告げられた瞬間、天明の思考が途切れた。

　こいつ、なにが言いたい？

「あれだけ後宮へ通っても、まだ彼女を手に入れられていなかったのですね」

　明らかに挑発だ。

　だのに、天明は冷静に受け止められなかった。

「簡単でしたよ。最初はひどく抵抗されましたが、寂しかったのでしょうね。優しく囁けば、すぐに大人しくなりました。あんなに気が強いのに、寝台では可愛らしく鳴くんです。いまでは自分から——」

「嘘をつくな！」

　不快な言葉を並べる哉鳴を遮って、天明は前に踏み込んだ。だが、太刀筋が単調すぎて防がれてしまう。

「嘘だと証明できますか？」

「…………」

　この男が蓮華を無理やり組み敷いたというなら、証明はむずかしい。

　が、

「あいつの理想は、馬阿巣とかいう助っ人外国人だぞ。場外本塁打も打てぬお前ごときが相手で、蓮華が満足するはずがなかろうよ！　地の果てまで、よくわからん戯れ言を喚いて抵抗するに決まっている！」

我ながら、意味不明な根拠だ。しかし、天明には少し脅した程度で、蓮華が大人しくなるとは思えない。想像がまったくできなかった。

「彼女だって、ただの女ですよ」

ただの女。

蓮華だって、身の危険があるときは怯え竦んで動けなくなる。天明は、何度かそのようなか弱い姿を目にしていた。

だが……ただでは倒れない女でもある。

「俺は、ただの女を正妃に選んだおぼえはない！　あいつは、無料が好きな女だ！」

これは信頼にも近かった。

天明は蓮華を信じている。

あいつは普通の女より図太く、鈍感である。天明の想いを理解させるのに、どれだけ苦労したと思っているのだ。

「蓮華の嘘で惑わそうとしても無駄だ」

天明にとって、蓮華は光だ。

最黎の光とはちがう。天明の成すべき道を照らす灯火だ。

暗くて孤独な道を、一緒に歩んでくれる。

温かな灯火だった。

蓮華が教えてくれた。完璧である必要はない。最黎のようになれなくてかまわない。

天明には、天明の道があるのだ、と。

未熟を理由に、帝位を戴いた者の責務から逃げてはならない。

彼女に出会えなかったら、気づけなかった。

最黎を恐れなくてよくなったのは、彼女のおかげだ。

「……腹立たしい」

哉鳴が、表情を歪めた。

奥歯を嚙みしめ、まっすぐに天明を睨みつけている。初めて剝き出しになった感情に、背筋が凍りそうになった。

「あなたは、そうやって……なんだって手に入れてしまう」

怒りよりも……呪詛。

形容しがたい負の感情であった。その塊をぶつけられ、天明はどう受け止めればいいのか困惑する。

「地位も、人も、すべて与えられて。僕には、なにもなかった。あるべきはずのものが奪われてきた」

遼家の都合で、皇子として育てられなかった哉鳴。後宮の外へ連れ出され、遼博宇の人形となっていた彼の人生は、天明と真逆だ。

だが、後宮にいれば権力争いによって、命を落とすかもしれない。どちらにしても、哉鳴は継承順位の低い皇子となっていた。最黎と戦って皇帝の座に就くには、並大抵の努力では済まなかっただろう。

いや……哉鳴にとって、それはさほど重要ではないのかもしれない。

手に入っていたはずのものが、そこにない。

片や、天明は本人が望みもしないのに、すべてを持っている。

天明とて、なんの努力や葛藤がなかったわけではないが、それを説いたところで納得はしないだろう。

「全部、奪ってやろうと思った」

哉鳴が気迫の一撃を放つ。

天明は真正面から受け止めた。

刃を挟んで、互いの顔が間近に迫る。

哉鳴は最黎の面影を持った異母弟だ。しかし、それ以上に……彼は以前の天明に、よく似ている。

最黎に焦がれ、恐れ、秀蘭を憎んでいたときの天明。ただただ執念に取り憑かれていたころの天明だ。

最黎はもういない。

ここにいるのは、彼の亡霊でもない。天明自身なのだと気づかされる。

「だけど……」

哉鳴は奥歯を噛みしめながら、天明の剣を押しやった。天明は後退しながらも、間を空けずに切っ先を突き出す。

哉鳴の身体が宙返りして、刃を軽々と回避した。

「皇帝になっても、博宇を殺しても、鴻蓮華を奪っても、なにも満たされなかった!」

首を狙う横薙ぎ(よこな)の一閃(いっせん)を、天明は剣で弾(はじ)いた。が、すかさず足元への払いが入り、身体の均衡が崩れてしまう。

「本当は奪いたいわけじゃなかった」

倒れ込む天明に向けて、刃が突き立てられる。

「あなたを、倒さなくてはいけない」

天明はとっさに身体を捻(ひね)り、哉鳴の一撃を避けた。剣先は、ちょうど落ちていた板に刺さる。

哉鳴にとって、天明は許し難い存在だった。

それが超えるべき存在に変化した。

すでに皇城は、猛虎団が制圧している。哉鳴の抵抗は無駄であり、たとえ天明が討ちとられたとしても、復権することはない。どうせなら、再起をかけて逃げるほうが勝算もあるだろう。

それでも天明に挑む意味が、彼にはある。

天明にはつきあってやる義理がない。哉鳴の単なる自己満足であり、無意味な行為。自害にも等しい。

だが、天明は哉鳴を迎え撃つ。

「倒されるわけにはいかない」

天明は後悔しているのだ。

蓮華によって、最黎への未練を断ち切ることができた。天明は天明の道を進めばいいのだと気づけたのだ。

一方で、ままならない。

どうして、最黎が生きている間に立ちあがれなかったのだろう。蓮華と、もっと早く出会っていれば——天明自身が自立していれば。

最黎と直接語りあえれば……。

悔やんでも遅い。天明が倒すべき相手は、もういなくなってしまった。

ときどき虚しくなるのだ。いつまで経っても、最黎を超えた気がしない。

哉鳴は過去の自分だ。

立場はちがうものの、哉鳴は天明を倒すべく立ち向かっている。天明にはできなかったことだ。

だからこそ、天明は受けてやらねばならない。

「はッ……!」

一撃一撃の重みが増している。哉鳴の剣は疲れるどころか、精度をあげていた。気を抜けば簡単に天明の首が飛ぶ。

技量は互角かもしれないが、この気迫で攻撃され続けると、先につぶれるのは天明だ。

廟堂を包む炎が激しくなり、天井が崩れはじめていた。

天明は右手で剣をにぎったまま、左手で燭台をつかむ。

燭台を哉鳴に向けて投げつけるが、呆気なく両断された。

「ふ……」

けれども、燭台は大して重要ではない。天明は間髪を容れずに、低い姿勢を保ち、哉鳴との距離を詰めた。振りおろされた剣を足で押さえ、動きを封じる。

下段から上段へと斬りあげた刃が、哉鳴の右腕をとらえた。緋色が宙を舞い、足元に不吉な模様を描く。

こうなっては、剣はにぎれまい。力をなくした剣の落ちる音が、廟堂に響いた。

「甘く見るな！」

哉鳴は叫びながら、天明の左腕をつかんだ。身体を捻り、流血する右腕で天明の腹を殴りつける。

「ぐ」

拳もにぎれぬ状態の右手で、勢いと執念の一撃と言えよう。

次いで、鳩尾（みぞおち）に膝の打撃が入り、天明は前屈（まえかが）みになりながら呻（うめ）いた。

まだあきらめないのか。

しかし、天明も剣を落としてはいない。剣の柄で、振り抜くように哉鳴の胸を殴打した。

哉鳴はよろめきながら、天明との距離をとる。天明はすかさず、真正面から哉鳴に刃をおろした。

「投降しろ」

哉鳴は天明の剣を、右腕で防いでいた。刃が骨にまで食い込み、手首が落ちかけている。これでは、もう使いものにならないだろう。

投降を勧める天明に、哉嗚は微笑を返した。

この男は、命が尽きるまで立ち向かうつもりでいる。

似ているな。

どこまでも、過去の自分を見ているようだった。

ならば、断ち切ってやるのは、天明の役目かもしれない。

視線が交差し、天明は剣をふりあげた。

俺は目の前の男を殺すのだ。

これは過去の俺自身。

天明は呼吸を整え、手に力を込める。

しかし、二人きりの廟堂に、べつの足音が響いた。誰かが応援に駆けつけたのだろうか。このような炎に飛び込むなど、無謀にもほどがある。

「主上さんッ!」

耳に残る金切り声だった。

思考よりも先に、身体が停止する。

❀　❀　❀

廟堂からあがる火の手に、蓮華は慄く。

燃えさかる炎の勢いが強く、誰も近づけぬようだった。本当に、この中に天明と哉鳴がいるのかも疑わしい。

けれども、蓮華は恐怖を振り切って走った。

「ごめん、貸してや！」

蓮華は桶に張られた水を頭から被った。廟堂の火を消そうと、用意されたのだろうが、こんなもの、消火に使っても焼け石に水だ。

全身水浸しにして、準備完了。熱い空気や煙を吸わないように、蓮華は頭巾を外して口元を覆った。

「おやめください！　鴻正妃！　危険すぎます！」

猛虎団の中には、蓮華を正妃と呼ぶ者がいるが、むず痒いと言っている場合ではなかった。

「止めんといて！　主上さんと哉鳴、連れて帰るんや！」

蓮華はそう叫んで、廟堂へと続く階段を駆けあがった。

長い長い階段だが、不思議と身体は軽く、あっという間に頂上まで辿りつく。蓮華は、一息つく暇もなく廟堂へ駆け込んだ。

勢いを増す炎が、蓮華の道を塞ぐ。

「あ……」

炎の先に影が見える。玉座の前。剣を持つ天明と、右手で受ける哉嗚。

「あかん……」

蓮華は、一歩ずつ前へと進んだ。不思議なもので、炎の熱さも気にならず、頭からは一切の恐怖が消えていた。

あかん。

二人とも、殺しあったら……あかん。

「主上さんッ!」

気がつけば、蓮華は叫んでいた。天井が崩れる廟堂内で、声は幾重にも反響し、天明にも届いただろう。

「…………!」

哉嗚に剣をおろそうとしていた天明の動きが止まる。

その隙を、哉嗚は見逃さなかった。

剣を左手で拾いあげ、天明の懐に飛び込んでいく。

蓮華は思わず、口元を手で覆う。

二人の影が重なって、刃が天明を貫いた。

「主上さん！　主上さん！」

蓮華は天明を呼びながら、玉座へと走る。だが、行く手を阻むように、天井が崩れ落ちた。

「あ……」

両者とも倒れていなかった。

「くそッ！」

悪態をつきながら、天明が身体を捻る。

よく見えていなかったが、どうやら、哉鳴の剣は天明を貫いていないようだ。天明はスレスレで剣を避け、脇に刀身を挟んでいた。

そのまま、天明が哉鳴から剣を奪うけれども、哉鳴はあきらめない。剣を捨て、天明の顔を狙って拳を突き出した。

天明は哉鳴の一撃をかわし、両手で捕らえる。そして、背負うような格好で、哉鳴を宙へと投げた。

哉鳴は玉座の階段から転がり落ちていく。傷口から撒き散らされる血が、凄惨な模様を描いた。

力なく転がった哉鳴の身体が、動きを止める。

「哉鳴！」

蓮華は駆けつけ、哉嗚の傍らに膝を折る。

呼吸をしているか確認するのが怖い。

「お前は……」

カッ、カッ、と。天明がゆっくりと階段を降りる音がした。

蓮華が視線を持ちあげると、返り血と煤(すす)、汗にまみれた顔がある。蓮華の知っている天明とは別人に見えて、一瞬、ゾッとした。

「う……」

哉嗚が苦しそうに呻く。視線を落とすと、哉嗚の胸郭が動いているのが確認できた。気を失っているだけで、彼は生きている……。

「お前は、殺すなと言うのだろう……?」

天明は哉嗚を殺すつもりだったのかもしれない。

しかし、やめてくれた。

蓮華の目に、じわりと涙が溜まっていく。

「主上さん」

呼びかけると、天明は弱々しく微笑した。

けれども、その身体から不意に力が抜ける。

前に倒れ込む天明を、蓮華は階段の下で受け止めた。重くて、一緒に転げ落ちそうになるが、意地でも離すまいと、両足で踏ん張る。

「ありがとうな、主上さん」

思いっきり天明を抱きしめながら、蓮華は笑った。頬に涙がこぼれて、天明の服を濡らす。

蓮華はその場に膝をついて、天明の身体を横たえた。

入り口に、何人か人影が見える。天明どころか、蓮華まで飛び込んだものだから、誰かが助けにきてくれたのだ。

よかった。いくらなんでも、こんな状態の天明と哉嗚を運び出すことなど無理だったので、ほっとする。

「蓮華……」

天明が蓮華の名を呼ぶ。

なにかを伝えたいらしい。力の抜けた手で、自分の衣服を探りはじめた。

「これを」

天明が取り出したのは——干物だった。どうして、こんなものを、いまこの瞬間に取り出しているのかわからず、蓮華はフリーズしてしまう。

しかし。

「……これって」

なんや宇宙人のミイラにも見えるけど、頭が丸くて足が八本。足にびっしりと吸盤もついとって……。

「た、た、た、たたたた……蛸ぉ!?」

うん、蛸や。干物になっても、見間違えるはずがない。蓮華がずっと追い求めていた愛し（いと）の愛しの蛸ちゃんや！

よく見ると、ザクッと頭の部分に刃でつけられた傷がある。まさか、これのおかげで哉鳴の剣が止まったとか？　そんなことあるかいな！

「お前のために四月戦って勝ち取った……三十二敗一勝だ……」

浪速族との野球の話だった。浪速族の協力を得るために戦ったと聞いていたが、どうして蛸が出てくるのだ。

「ほんま主上さん、なにしてたん？」

蛸よりも、そっちのほうが気になってしまった。というより、この炎に囲まれた状況で言うことちゃうやろ。めっちゃドヤってるし。

「本塁打も、打ったのだぞ……俺は、お前の馬阿巣になれたか？」

ちょっとホームランを打ったくらいでは、バースにはなれない。そもそも、自己申告であって、蓮華は野球をする天明を見ていない。

それでも、蓮華の顔に笑みが浮かんでくる。

同時に、大粒の涙がこぼれた。

「主上さんはバースやないけど……帰ってきてくれて嬉しいですよ。ほんまに……おかえりなさい」

蓮華は顔いっぱいに笑みを咲かせた。

蛸は嬉しい。

天明が野球をしてくれたのも嬉しい。

でも、それ以上に……。

主上さんが、帰ってきてくれてよかった――。

満塁本塁打　大阪マダム、旅立ちの日に！

一

天明の治世が戻った。

再び腰かけた玉座の感触に、天明は背筋を伸ばす。猛虎団の側から作戦を提案されたとき少ない犠牲によって、梅安奪還が成功した。中心となって動いたのは、実現が危ぶまれたが、結果的に最適の方法だったと言えよう。

天明は、無事に皇帝として玉座に戻った。

哉鳴以下、加担した貴族たちは謀反人となって捕らえられる。それぞれの沙汰については、天明に委ねられた。

広場に並ぶのは、天明を支持する貴族たちだ。その他、官吏になり名を連ねる新興勢力の顔もある。

廟堂が焼け落ちたため、青天の下に玉座を置いていた。べつの場所で執り行う案もあったが、あえて天明はここを選んだ。

最前列に縄をかけられ、座らされているのは謀反の首謀者たちだった。主犯であり、皇帝を名乗っていた哉鳴をはじめ、孟家、遼家、齊家など、実に多数の貴族が勢揃いしている。

一族郎党皆殺しが妥当。天明の役割は、彼らの処刑方法を決めるだけだった。嬲るも、八つ裂きも、意のままである。

「前へ」

禁軍総帥に復帰した清藍によって、哉鳴が玉座の下に連れられる。彼の母である齊玉玲も続いた。

「…………」

哉鳴の髪は乱れ、頬もこけており、ずいぶんと憔悴しているようだ。聞けば、牢で食事を拒んでいるらしい。うつむいたまま、天明を見ようともしなかった。数ヶ月間であっても、玉座にいた男とは思えない有様だ。

「申し開きは？」

天明は静かに問う。

しばしの間、哉鳴は口を閉ざしていた。けれども、かすれた声で「ありません」と首を横にふる。

すべてをあきらめた表情だった。どうせ、もうすぐ死ぬ。ならば早くしろと言わんばかりである。

天明は沙汰を言い渡す前に立ちあがり、背後をふり返った。

焼け落ちた廟堂の残骸は片づけられているものの、煤や支柱の跡はそのままだ。生々しい傷跡は、短期間では消せなかった。

「主上、私は八つ裂きでも、火炙(ひあぶ)りでも、なんなりと……しかし、哉嗚は……何卒(なにとぞ)、寛大なご判断を……」

膝をつきながら、玉玲が頭をさげる。地面に額をこすりつけ、涙に声を震わせていた。彼女は、終始一貫して、哉嗚を守ろうとしている。

最黎を失った玉玲にとって、たった一人残った哉嗚がなによりも大切だ。なにに代えても、守りたいのだろう。ここで沙汰に異議を申し立てれば、その場で斬られても文句は言えないにもかかわらず、玉玲は哉嗚の減刑を訴えていた。

「処分は、すでに決まっている。覆す気はない」

天明は哉嗚と玉玲を見おろし、静かに述べた。だが、思っていたよりも声が通らない。いつもとちがい、屋外だからだろう。

肺に空気を取り込んで、天明は改めて発声する。

哉嗚は視線をさげたまま。玉玲は祈るように天明を見あげていた。

「遼哉嗚、齊玉玲、両名には延州への流罪を言い渡す」

ようやく、哉鳴が顔をあげた。信じられないものでも見るかのように、天明を仰いでいる。玉玲も口を半開きにしていた。

「甘すぎる」

そうつぶやいたのは、哉鳴だった。批難するような響きが含まれている。本来なら死罪が妥当だ。それを流罪としたのだから、甘いと評されるのは仕方がない。

「お前は皇族の血を引く人間。無闇に殺せぬ法だ」

凰朔には、皇族の血を引く直系の者を傷つけてはならぬという法があった。これを逆手に、蓮華が懐妊しているという嘘で乗り切っている。今回、哉鳴にも適用した。

しかし、それは建前だ。実際は暗殺や毒殺が横行しているし、然るべき手続きを踏めば、皇族であっても処刑できる。形ばかりの決まりごとであった。

無論、哉鳴を生かしておくのは、天明にとって危険だ。いつまた、謀反を起こすかわからない。何者かが担ぎあげる可能性だってある。

存在自体が厄災だ。

「鴻蓮華に、情けをかけられましたか？」

哉鳴は言いながら目を伏せた。

天明は首を横にふる。

「いや……俺の判断だ。お前には、もう謀反の意思はないのだろう?」

「わかりませんよ?」

哉嗚は挑発するように口角を持ちあげた。

されど、そこにはなんの感情も入っていない。燃えさかる廟堂で、天明への怒りをぶつけた彼は、もうどこにもいなかった。

「心にもないことを言うな」

天明は玉座に戻り、腰をおろす。清藍に、二人をさがらせるよう指示をした。

哉嗚と玉玲の背に向けてつぶやいた言葉は、届いているだろうか。

「これが俺の政だ。最黎ではなく、な」

誰にも聞こえていなくともいい。

自分自身に、言い聞かせた。

二

カンッ、カンッ。

よく晴れた空に、トンカチの音が響いていた。

籠城戦と数ヶ月にわたる放置のせいで、後宮は様変わりしていた。廃墟同然となった建物に、人が住むのはむずかしいため、大規模な改築、建て直しが必要である。

太陽の光を反射する瑠璃瓦（るりがわら）。まぶしくそびえ立つシン・芙蓉殿を見あげて、蓮華は腰に手を当てた。

「うん！　めっちゃええ感じや！　最高やわ！」

どうせ改築するんなら～と、蓮華は芙蓉殿の一階部分を全部店舗にしてしまった。たこ焼きに、お好み焼き、ラーメン、イカ焼き、串揚げなどなど。複数の店が混在するフードコートである。客は好きな店で買ったものを、共有スペースで食べる仕組みだった。

入り口には、デカデカと芙蓉虎団のシンボルである虎の看板を掲げている。内装も、芙蓉虎団を想起させる縞の柄で統一していた。

「見事でございます、蓮華様」

隣で陽珊も嬉しげに笑ってくれる。

天明が皇帝に復活する際、後宮をどうするか議論になった。

後宮は世継ぎを作るためのシステムだが、謀反のせいで一度解散してしまっている。再編するには、国中から美女を集めなくてはならない。

このまま解体してもいいのではないか……そう思われていたが、なんと、天明の復権を聞きつけて、みんな戻ってきたのだ。

後宮を離れていた女たちのほとんどが、自らの意思で帰ってきた。妃だけではなく、宮女や下働きも、同様だ。

「また後宮で働きとうございます！」

「ぜひ、ここにいさせてくださいまし！」

蓮華が束ねていた芙蓉殿の者は、ほとんどそろっている。

これだけの人間が動いたことで、後宮の再建案が通った。こうして、女たちは力をあわせて、各所のリフォームに勤しんでいる。

宦官だけでは人手が足りないので、力のある者は女も土木作業をしている。さらに、蓮華の提案で梅安の市民にも呼びかけて働き手を集めた。物価があがっていた梅安では、路頭に迷っていた者が多くおり、彼らに雇用の機会を与えたのだ。

後宮は許可された女しか出入りできない。

しかし、これからは女性市民の出入りを許可する日を設けることになった。いまは改築が終わるまで。そのあとは、催事などの機会で開放する予定だ。商業区の拡大を図って、もっと自由な取り引きができるようにしたいとも思っている。

凰朔の風通しをよくする。蓮華はまず、後宮から変えていった。まあ、ここまで変わってしまったら、後宮というよりも、女の働き手を集めた商業施設かもしれないが。

「これから、お客さんが増えるし、店舗も拡充せなあかんな。後宮を一号店にして、上手いことといったら、内城と外城に二号店、三号店を出店するで！」

蓮華が意気込むと、陽珊も応えてくれる。

「はい、蓮華様。経営は陽珊におまかせください。がっぽり儲けたりましょう！」

また本人は気づいていないようだが、陽珊は関西訛りが出てしまっている。腕まくりして、指で小銭の形を作る仕草など、蓮華にそっくりだ。指摘すると、恥ずかしそうに「蓮華様のせいですー！」と叫ぶまでがフルセット。

こんな日常が戻ってくるなんて、まだ信じられない。

籠城戦も、地下牢も、軟禁生活も、全部が昨日のことのように思い出される。

「いろいろあったなぁ……」

しんみりとした雰囲気は苦手で、ガラではない。

蓮華はブンブンと、首を横にふった。

「ああ、蓮華様。そろそろお時間ですよ」

「お、せやった！　遅れると、うるさいからなぁ」

陽珊にうながされて、蓮華はくるりと身を翻した。

これから、タコパの予定が入っている。

後宮でわくわくすることをしながら、みんなでたこ焼きを回す。変わらない日常。

変わらない光景。変わらない笑顔。

けれども……すっかり元通りとはいかない。

時間通りのはずだが、タコパの会場では夏雪が腰に手を当て、唇をへの字に曲げていた。

「遅いですよ、蓮華」

牡丹殿。こちらの殿舎も修繕工事が進み、以前の美しさを取り戻しつつある。庭に設けられた東屋に、ピカピカのたこ焼き設備がセットしてあった。今日のタコパでは、牡丹殿の主である夏雪がホストをつとめる。

「どうも、すんません。あちこち、見て回っとったら遅なったわ」

後宮の修繕がどれくらい進んでいるのか確認しながら向かっていると、案外時間がかかってしまった。蓮華は移動に輿を使わず、健康的に歩いているのでなおさらだ。

「まあ、よいではありませんか。あたくしは、先に凧派が楽しめて嬉しいですよ」

椅子にかけていた天藍が、笑いながらたこ焼きを頰張る。一時は痩せていたが、すっかりと健康的な顔つきに戻っていた。

天藍はいつものように気立てよく、夏雪をなだめて座らせる。

「ま、まあ。べつに待ってなどいませんでしたが」

夏雪は口を曲げながら、顔をそらした。

「劉貴妃……いえ、天藍様も蓮華様を待っていたではありませんか。顔に出ていましたよ。彫像にしましょうか？」

そう言って、茶器を置いたのは王仙仙。彼女のうしろには、傑もひかえている。仙仙は天明とともに延州で行動し、都の猛虎団との連絡係を行っていた。天明が無事、玉座に戻れたのは、仙仙の活躍が大きい。

「仲がいいこと。私が交ざってしまっても、よかったのかしら？」

後宮の正一品がそろうタコパ。そこに加わっているというのに、一歩引いてながめているのは、秀蘭だ。

美しかった髪に、白髪が交じっている。やつれた身体はそのままで、ずいぶんと年齢を意識させられてしまう。それでも、凛とした芯の強さは色あせておらず、しっとりとした艶めきがあった。

「ええんですよ！　今日は、ほら……送別会みたいなもんやし！」

後宮には、多くの者が帰ってきた。

しかし、帰らない妃たちもいる。

天藍は貴妃の位を返上し、劉家に帰ることとなった。先の反乱での活躍が認められ、武官を目指すのだ。いずれ軍師になると宣言している。もしかすると、凰朔女性の社会進出の歴史に名を刻むかもしれない。

仙仙も、延州へ戻る。彼女の輿入れは皇族との繋がりを強める目的があったが、今回、天明は延州に大きな借りを作っていた。さらに、長い間、断絶されていた浪速族との友好関係を復活させたため、仙仙が後宮にいる必要がなくなったのだ。

故郷の役に立ちたい一心の仙仙は、帰郷を選択した。

傑も仙仙と一緒に延州へ行く。

「もう、お前さんの顔を見ずに済むと思うと、清々するぜ」

傑はそんなことを言いながら、鼻を擦った。

「えー。ときどき、遊びにきてーや。また野球したいねん」

傑とは、いろいろぶつかったりもしたけれど、なんだかんだとお世話になった。野球を広めるうえでも、蓮華一人では指導など追いつかなかっただろう。舞台装置や球場建設など、土木面では大いに助けられた。

前世の話を共有できる、唯一の人間でもある。

今生の別れは大袈裟だと思うが、改めて考えるとしんみりした。

「あたぼうよ。俺ァ、浪速族を出禁にされちまったし、延州じゃ野球チームを作るのに時間がかかるからな！」

「出禁って？」

どうして、傑が浪速族から出禁にされたのだろう。蓮華は小首を傾げたが、傑はばつが悪そうに目をそらしてしまった。

「……いろいろあったんだよ。いろいろ……」

あまり深掘りされたくないようだ。

「まあ、ええか！　阪神巨人戦の決着もつけたいしな！」

蓮華は腕まくりしながら、ニパッと笑った。

けれども、傑は怪訝そうに眉根を寄せる。

「てやんでぇ、馬鹿野郎。もう決着ついてんだろ。水仙巨人軍のほうが全体の成績もよかったんだぜ？」

「せ、せめてアホ言うてや！　あと、成績は下位やったけど、芙蓉虎団は水仙巨人軍に、期間中六割勝ってたんや！」

芙蓉虎団の成績が奮わなかったのは事実だが、水仙巨人軍相手なら強かった。他の球団に対しては、弱かったけど……巨人に勝てたら祭りでええんや！

「それで満足して自分を慰めてるところが、ほんとに阪神ファンって感じだよな」

「うっさいわ！　阪神勝ってん！　ホンマやし！」

前世の苦い思い出までよみがえってきて、蓮華は頭を抱えた。しかし、傑は知らないだろうが、本当に阪神は令和で優勝したのだ。集団幻覚ではなかったはず。正直、優勝の瞬間まで信じ切れずに、「アレ」とか言って濁していたが。

周りは、蓮華と傑がなにを言っているのかわからず不思議そうな表情をしていたが、割といつものことなのでスルーしている。

天藍は軍師の道を。仙仙は故郷のために。

みんな、新しい道を進んでいく。今日は送別会のような集まりだった。

正一品で後宮に残るのは、蓮華と夏雪だけになってしまう。だが、それも正しいと蓮華は思っていた。

身分とか性別とか関係なく、みんなが伸び伸び自由に暮らせる国がいい。後宮から飛び立つ同志が活躍すれば、いずれ国も変わっていくだろう。

すっかり元通りとまではいかない。

壊れてしまって、戻らないものもたくさんある。

けれども、壊れたら、新しくすればいい。よりよいものへの足がかりになると、蓮華は信じたかった。

クヨクヨしたって、しゃーない。前向いて、シャンとしとき。これが、大阪マダムたるオカンの教えだ。特売に敗れたって、浮いたお金で、もっと安いもんを買ったらええ。転んでも、ただでは起きへん。

新しい国を見るのが、蓮華は楽しみだった。

三

梅安の街には、闇と静寂がおりていた。

多くの市民は寝静まっている時間帯だ。

罪人が街を追われるには相応しい。

心許なく揺れる灯りを手に、蓮華は後宮を抜け出していた。左手に持った包みは落とさぬよう、慎重に運ぶ。

絶対に止められるので、陽珊にはナイショで出てきてしまった。バレたら、きっと大目玉で天明に告げ口されるだろう。

「おった！」

ひっそりと、逃げるように皇城の門を潜ろうとする人影が確認できた。兵たちに囲まれて、連れられていく人々だ。

うつむき加減に歩くのは、齊玉玲。儚い花のような印象の女は、手に縄をかけられていても美しさを損なっていなかった。うしろには、白璃璃（はくりーりー）も控えている。

そして、哉嗚だ。

最後に見たときと、ずいぶん印象がちがっている。髪が乱れ、肩をさげて歩く様は別人にしか見えない。

「待ってや!」

蓮華は駆けながら声をあげた。兵たちが警戒して武器を構えるので、蓮華は「怪しい者ちゃいますー! 鴻蓮華と申しますー!」と叫んだ。

彼らは哉嗚を守るために配備されているのではない。哉嗚たちが逃げぬよう、延州まで護送する兵だ。

蓮華の顔を見て、兵たちが戸惑いながら武器をおろす。

「はあ……追いついてよかったー」

蓮華は息を切らしながらも、笑ってみせる。

一方の哉嗚は、怪訝そうに眉根を寄せていた。

「……なにをしに来たんですか?」

純粋に質問していると言うよりも、嫌悪……いや、放っておいてくれと言いたげな雰囲気を感じた。

邪魔だ。お節介だ。言葉にされずとも、わかる。

でも、だからなんだ。お節介で厚かましく、図々しい。それでも他人に世話を焼くのが、蓮華の人生だ。

開き直って、満面の笑みを浮かべた。

「気をつけて行ってくるんやで。これ、途中で食べてや」

元気に大きな声で、蓮華は小脇に抱えていた包みを差し出した。

そんな蓮華の行動に、哉鳴は両目を見開き固まっている。

「たこ焼き！　まだ温かいで。主上さんがな、蛸の干物手に入れたんや。水で戻してホヤホヤのを茹でて、早速作ってみた第一号！　お口にあったら、嬉しいんやけど」

一匹しかなかったので、昼間のタコパには使用できなかった。というわけで、このたこ焼きが、初蛸入りたこ焼きとなる。

「そんなもの……」

哉鳴は吐き捨てるように目をそらした。

だが、蓮華は前に進んで包みを差し出す。

「自分、玉玲さんが後宮におるって知っとったけど、遼博宇には言わへんかった。その必要がないって判断やったんやろうけど……それだけやない気がしてて」

「………………」

哉鳴は沈黙を貫いているが、蓮華はかまわず続ける。

「玉玲さんのこと、守りたかったんやないん？」

離れて暮らしていても、実の母親を大切に思っていたのではないか。そんな願望のような……いや、蓮華は哉鳴を信じたかった。

会話を聞いていた玉玲が顔をあげる。哉鳴を見つめ、目に涙を溜めていた。

「あなたの頭は、本当に都合よくできているのですね」

揶揄するような言い方で、哉鳴はつぶやいた。

けれども、先ほどとちがって、哉鳴は蓮華に視線を向けている。

「お人好しって、よう言われんねん」

「そう。救いようがない。度し難いお人好しだ。虫唾が走る」

「おおきに。それがうちの生き方や」

蓮華は否定のしようもないので、肯定して笑った。

「…………」

やがて、哉鳴は短く息をつく。そして、蓮華へと向きなおった。

「両手が使えません。食べさせてくれますか？」

お弁当を渡してサヨナラのつもりだったので、想定外の要求だ。蓮華は戸惑ったが、

哉鳴が腰を折って目線をあわせてきた。

「さきほどの言い方だと、僕は天明よりも先に〝蛸〟を食べられるのでしょう？　早いほうがいい」

真顔で言われ、蓮華はプッと噴き出した。うしろで、玉玲も笑みを浮かべている。

「こんなときにまで、主上さんと張りあうんや？」

「……最後に、一つくらい勝っておきたいではありませんか」

やっと、哉鳴も笑った。

穏やかで優しげで……どこか勝ち誇った微笑だ。

こうやって、笑っとるほうがええなぁ。もったいない兄ちゃんや……。

「熱いで」

蓮華は手早く包みを開封する。同時に、ホワッとソースの香りが漂って、食欲を刺激した。蓮華の口にまで、唾液がたまってくる。

爪楊枝でたこ焼きを刺し、蓮華はゆっくりと哉鳴の口へと運んだ。哉鳴は大きく口を開けて、温かいたこ焼きを頬張る。

湯気を漏らしながら、哉鳴はたこ焼きを咀嚼した。両手を縛られているため、上品に食べられず、唇の周りにソースと青のりをつけながら味わっている。嚙む時間が長いのは、弾力のある大きな蛸が入っているからだろう。

やがて、ゴクリと嚥下する音がした。

「どうやった？」

蓮華の問いに、哉鳴はしばし考える。

「……なるほど」

そして、嬉しそうに笑った。

「満足です」

天明より先に食べられて満足。それだけではなく、美味しいという意味もあると思う。

きっと、べつの意味も。

蓮華は手早くたこ焼きを包み直し、哉嗚を護送する兵の一人に渡した。

「それじゃあ、気ぃつけて行くんやで！　玉玲さんも、璃璃もお元気で！」

蓮華は両手をいっぱいにふって、声高らかに叫んだ。哉嗚はふり返ってくれなかったが、玉玲と璃璃はそれぞれ頭をさげる。

もう、会うことはない。

延州に送られたら、謀反を起こさぬよう、二人とも王家の監視下で静かに過ごす。自由など、ほとんどない。

それでも、彼らの暮らしが少しでも安らかであってほしいと、蓮華はねがっていた。

四

真夜中に哉嗚と玉玲を見送って、蓮華はこっそりと後宮の芙蓉殿へ戻った。

誰にも見つかっていないはずだ。お供の兵たちにも、「ナイショにしててや」と、飴ちゃんをにぎらせる念の入れよう。

それなのに、朝方、蓮華のもとに急な書簡が舞い込んだ。

「直接、話して確認したいことがございます。くれぐれも、ご内密に……？」

豪快な達筆で書かれた内容は、だいたいこうだ。問題は、差出人が劉清藍。天藍の兄で、禁軍総帥に復帰した劉家の当主だった。

誰にも見つからないように帰ってきたつもりだったが、バレていたのかも。それか、飴ちゃんに釣られず護送の兵士が告げ口したのだ。いずれにしても、蓮華は頭が痛かった。

後宮の妃が、こっそり抜け出すなんて御法度だ。しかも、罪人の見送りである。ノリと勢いで、「あーん」までしてしまった。あれ、やっぱマズかったんちゃう？　主上さんの耳に入ったら……。

蓮華はそこまで考えて、ため息が出た。

「蓮華様」

書簡を前にモダモダしていた蓮華に、陽珊が声をかける。

「どないしたん？」

問い返すと、陽珊は一礼した。

「主上がお渡りになっているので。急ですが、ご準備させていただきますね。今日は劉将軍を伴っているようです」

「え」

蓮華の顔が引きつった。

いつもは宦官の颯馬がついているのに、どうして清藍が？　いくら、いまの後宮は出入りが緩くなっていると言っても、禁軍総帥が出向く意味はない。蓮華は嫌な予感がして、冷や汗をかいた。

まさか……主上さんの前で、哉鳴のこと聞いたりせんよね？

哉鳴は天明に張りあっていたが、同時に天明も哉鳴には、多少なりとも対抗心がある。蓮華が哉鳴と接触したとき、物凄く怖い顔で迫られたこともあった。

また怒られるかもしれへん。でも、内密にって。せやけど、このタイミングやし。なんやねん。

などと、悶々としている間に、女官たちによって沐浴が済まされ、着替えも完了してしまう。もちろん、襦裙は勝負の虎柄。豹柄の披帛もつけて、全身アニマルでテンションが高まる。

そして、いよいよ天明の前に放り出されるタイミング。今日は昼間なので、寝室ではなく客間にたこ焼きセットを用意させていた。

「鴻徳妃ッッッ!!」

天明の待っている部屋へ入ると、まず鼓膜を突き破りそうな大声。蓮華は耳を塞いだ。天明もなにかあいさつ的な単語を発したようだが、被せるように掻き消されてしまった。

主である天明を差し置いて、清藍が蓮華の前にズカズカ歩み寄る。

「どうしても、明らかにしておきたいことがあり、午殿にお役目を代わっていただきました！」

内密に、という話だった気がするが、開幕からこんなに大声で相談して大丈夫だろうか。天明もいるのに。

「ナイショの話やなかったん？」

「どうぞ、ご内密にッ！」

「あ、うん。無理やろそれ」

筒抜けやで……おそらく、芙蓉殿のほかの者にも丸聞こえだ。

この兄ちゃん、普通の声でも話せるはずやのに。こっちが素なのかもしれない。天明もうしろで呆れているので、いつものことのようだ。

「昨夜ですが！」

「ひっ」

いきなり大声で切り出されて、蓮華は声を裏返す。

あかん汗出てきた。

清藍は声が大きいのに、神妙な面持ちで蓮華に顔を近づける。

「朱燐に花を贈ったのです！」

目をカッと開いて、なにを話すのかと思えば。

「……へ？」

蓮華は間抜けな声で聞き返した。

朱燐に、花？

どういうことや？

「受けとってもらえませんでした……」

目を点にする蓮華を横に、清藍は大きな肩をさげた。

蓮華には清藍の意図が不明で、ただただ啞然とするしかない。すると、見かねた天明が、ため息をついた。

「この女に、その手の話は通じない。猿にもわかるよう言ってやれ」

「猿ってなんやねん、猿って！」

天明とは久しぶりにマトモな会話をしたのに、つい勢いよくツッコんでしまった。

清藍は一瞬、目線を蓮華からそらすが、やや頬を上気させながらつぶやく。

「朱燐を劉家に迎えたいのです」

とても小さい声だった。いままでの大声はなんだったのだろう、と思うほどに。

朱燐は現在、官吏として働いている。姓を持たない名なしのため、劉家が後見人となってサポートしていた。清藍は、朱燐を正式に劉家に迎えたい、つまり、劉の姓を与えたいと考えているわけだ。

「鴻家のときも、養子に入るのは嫌がっとったで。朱燐は自分の力で活躍したいって言うてて――」

「そうではないのです！」

じゃあ、どういうこと？

蓮華が要領を得ないので、清藍は頭を掻きむしりながら、再び大きな声を出した。

「私は！　その！　つまり！　朱燐を！　妻にしたいのです！」

耳が痛い。

ぽかーん。

蓮華は口を半開きにした。

「つま？」

劉家と言えば、凰朔きっての武官家系。貴族の中でも地位と権力を持っている。その当主が、朱燐を……政治的な思惑を抜きにして、個人的に気に入っているという意味だろう。だから、こんなに恥ずかしそうなのだ。大声過ぎて、芙蓉殿の女たちに筒抜け状態だが。

「側室とか、お妾（めかけ）さんって話なら、たぶん、朱燐は官吏が優先やから……」

「無論、正妻ですッ!」

劉家の当主が朱燐を正妻に迎える。これが実現したら、凰朔では特大ニュースとなるだろう。前帝に見初められて皇太后となった秀蘭に続くシンデレラガールの誕生だ。それくらいの衝撃だった。

だが、朱燐は断ったという。こんなチャンスは、二度と訪れないかもしれないのに。

朱燐は自らの力で官吏になり、出世を目指している。たしかに、劉家当主との婚姻があれば、地位が格段にあがるのはまちがいない。けれども、それは朱燐の力で成したとは言えないのである。

朱燐はそういう娘だ。強い意志を持っている。

一筋縄ではいかない。

「なにかよいご助言はないでしょうか!」

清藍は蓮華の肩をガシッとつかんだ。血走った目から必死さが伝わってきて、蓮華は苦笑いした。

お節介で厚かましい大阪マダム。お役に立ちたいのは山々だ。一肌脱いであげたい
……けど。

「まあ……」

蓮華はゴクリと唾を呑んだ。

「あきらめんかったら、そのうち、なんとかなるんとちゃうかな！」

逃げた。うちに助言できることは、ない！

蓮華は朱燐の夢を応援しているから、安易に清藍の背中を押せなかった。朱燐が納得しない限りは、二人の結婚を推すのはむずかしい。

「そんな……」

清藍が大きな身体を丸めて小さくなっている。蓮華は居たたまれなくて、ポンポンと肩を叩いてやった。

「まあ、気ぃ落とさんといてや。どうか、朱燐のそばで支えたって。いつか朱燐の夢が叶ったときに、もう一回、同じこと言うてあげてくれへん？　そしたら、喜ぶと思うで」

いまは、これしか言えない。

朱燐が満足して納得すれば、清藍を受け入れてくれるだろう。知らんけど。

「鴻徳妃……！」

蓮華の言葉に、清藍は目をうるませる。みるみるうちに顔が紅くなり、崩れるように膝をついてしまった。

「ありがとうございます！　この劉清藍、お言葉をもとに励みます！」

あ、いまの感じでよかったん？

蓮華は慣れない相談内容にドキドキしたが、胸をなでおろす。

「安心して職務に戻れます！」

次の瞬間には、清藍はカラッとした表情で立ちあがった。

切り替え早ッ！　蓮華が驚く脇を通り抜けて、警護をするため部屋の外へと出ていってしまう。

悪い人やないけど、いろいろ変な兄ちゃん……。

「清藍のやつ……」

やりとりの一部始終を聞いていた天明が息をついている。

「あれ……」

清藍が出ていったことで、蓮華はふと気づいてしまった。

部屋には、天明と蓮華の二人しかいない。天明が都を追われてから、こんな環境で二人きりになるのは初めてだった。

蓮華の背中に汗が流れる。急に緊張してきた。

天明には、正妃になるかどうかの答えを言わなければならない。それに、前世のことも話す約束だ。気軽に構えていた数秒前の自分を鈍器で殴りたい。

「ところで、蓮華」

「な、なんですか!?」

不意に話しかけられると、声が上擦ってしまう。天明は眉を寄せながら、蓮華の顔をじっと見据える。

「あー……汗ばむわ～……」

変な汗をかいているのを誤魔化すために、蓮華は山田花子(やまだはなこ)になりきる。だが、伝わるはずもなく、天明は椅子から立ちあがった。

「勿体ぶるな。やることがあるのではないか？」

天明は至極真面目な顔で、蓮華へと迫る。蓮華はなんとなく、ジリジリとうしろへさがって距離を置こうとした。けれども、たこ焼き器を置いた台に踵(かかと)がぶつかって、これ以上は後退できない。

天明は蓮華の手を、ゆっくりとにぎる。

「せっかく、手に入れてやったのだ……俺には、蛸とやらを食べる権利があるはずだが？」

神妙な面持ちで、天明は蓮華に囁いた。顔が近すぎるせいで、蓮華は言葉の内容が少しも頭に入らなかった。が、数秒遅れて、なんとなく意味を理解してくる。

「たこ焼きが食べたい」

まっすぐな言葉は、蓮華の胸に届いた。

「あ、はい……」

蓮華はポカンとしながら、そう答えるしかなかった。

アツアツに熱したプレートに、生地を流し入れる。

蓮華は鼻歌交じりで、たこ焼きに使用する具材を手にした。刻み紅生姜(べにしょうが)、青葱、天かす……そして、蛸!

大きくブツ切りにした蛸を、蓮華は一つひとつ投入する。

「これが……蛸」

蓮華の手捌(てさば)きを見ながら、天明が感嘆の声をあげる。

天明は蛸の干物を手に入れるために、浪速族と野球を三十三回も、四月にわたって行ったらしい。三十三戦目にして、ようやく勝利したようだ。そこまで苦労して手に入れた蛸を食せるのだから、感慨深いだろう。

「せやけど、主上さん。なんで野球やったんですか？　浪速族って人たちは、コ・リーグなんて見たことないでしょ？　教えたんです？」

この辺りの話を、蓮華は詳しく聞いていなかった。浪速族の人々も、都に長居せず、すぐに帰ってしまったので、まったく交流していない。後宮再建に向けて忙しい蓮華にも、そんな時間や余裕がなかった。

「その話だが……まずは、たこ焼きを食してからだ」

「？　はい」

なんだか、勿体ぶっている気がする。

蓮華は天明と言葉を交わしながら、手際よくたこ焼きを引っくり返す。くるくると、慣れたものだ。使い込んだたこ焼きプレートには、油がよく馴染んでいる。

「お待たせしました。蛸入りのたこ焼き！　これが正真正銘、ほんまもんのたこ焼きや！　味わって食べてください！」

蓮華は胸を張りながら、天明の前にたこ焼きの皿を出した。

「お前があれほど欲しがっていたのだ。さぞ美味いのだろうな」

天明はクールっぽく振る舞っているが、瞳の奥がキラキラとしていた。蓮華のたこ焼きに興奮している。

「俺には、本物のたこ焼きとやらを一番に食す権利がある」

あー……すんません……第一号は、哉鳴にあげたんや……。

蓮華は真実を言えずに、乾いた笑みを浮かべた。

「なんだ？」

「いえ、なにも。ささ、お食べください」

蓮華は誤魔化すように、天明の手に爪楊枝を持たせようとする。天明は釈然としない様子だったが、爪楊枝を受けとろうとした。

「……………ッ」

しかし、天明が腕をあげた瞬間、表情が歪む。

「主上さん、大丈夫ですか！　ま、まだ傷が痛むんやね……！」

蓮華は医官を呼ぶため部屋を出ようとするが、その手を天明がつかんで引き留めた。

「大事ない。動かなければおさまる。大げさだ」

「せやけど……こないに痛そうにして」

天明の傷は、蓮華のせいで負ったようなものだ。蓮華が天明に、哉鳴を殺さないでと叫んだから……あのまま、天明が迷いなく哉鳴を殺していれば、こんな怪我はしなかった。

「気にするな」

天明は蓮華の手を包む。

「お前のおかげで、殺さずに済んだ」

そんな風に言ってくれるとは思わず、蓮華は目を見開く。

天明は蓮華に顔を近づけながら、不敵に笑った。

「だが、気遣ってもらうのは、悪くないな」

ニヤリと唇の端をつりあげて、天明はたこ焼きの皿を示した。

「食べさせてもらえると、助かるのだが？」

「!?」

まさか、哉嗚と同じ要求をしてくるとは思っておらず、蓮華は言葉がとっさに出てこなかった。

天明は蓮華を離さぬまま、意地悪な顔を近づけてくる。吐息がかかるほどの距離で、天明はささやいた。

「聞いたぞ。哉嗚を見送ったそうだな」

「う……」

バレとった〜！　隠していたつもりだったが、天明には筒抜けだったようだ。

「面白くない」

「えっと……すんません……」

蓮華は背中を小さく丸めながらうつむいていく。この感じ、きっと蓮華が哉嗚にたこ焼きをあげたことも伝わっていそうだ。そのうえで、さっきは「本物のたこ焼きとやらを一番に食す権利がある」と言ったのだから、天明はとんだ役者である。

「口移しくらいしてもらわねば、割にあわないな」

「ひっ!?　いま、なんて？」

聞きまちがいでなかったら、天明はとんでもない要求を口走った。蓮華の身体中の毛穴から、変な汗が噴き出す。

「主上さん、正気ですか!?」

なんや、変なモンでも食べてしもた？　蓮華は考えてみるが、変なモンなんて……まさか、蛸？　蛸にそんな効果が？　んな、アホな。まだ食べてへんわ！

「正気だったら、そもそもお前を正妃になど選ばない」

「それはそう。ほんまそう。ちゃんと自覚あったんや……って、正気やなかったんかい！」

ノリツッコミしながら、蓮華は近づいてくる天明の胸を押し返す。だが、天明の身体はビクとも動かなかった。鍛えられた筋肉の硬さは、あいかわらず惚れ惚れするが、それどころではない。

「お前のせいだぞ。責任をとれ」

どうやって。

そう問おうとした蓮華の唇に、天明が指を押し当てる。

「まだ答えを聞いていない」

顎をとらえられ、蓮華は天明から目が離せない。まっすぐすぎる瞳は、澄んだ光と蓮華の姿を反射させていた。

「正妃になってくれないか？」

回りくどい飾りの言葉は、一切なかった。

天明は、曇りのない目で蓮華を見つめ、やがて、不敵な笑みを湛える。

「勘違いしないように、説明が必要か？」

「いや、それはほんまに……ごめんて」

蓮華は天明の告白を曲解して、軽く流した前科がある。けれども、さすがに天明の気持ちはわかっているし、自分の心にも……整理はついていた。

混乱はなく、思考もはっきりしている。

「あんな。主上さん……その前に、話しておきたいことがあんねん」

蓮華は目を伏せた。

「なんだ？」

天明は真面目な声音で、蓮華の手をにぎった。指先まで温かくて、こうしてもらっていると、不安や悩みが溶かされていく。

「うち……実は、一回死んでんねん」

お前は急になにを言い出すのだ？　と、呆れられるのは覚悟のうえ。それでも、蓮華は熱のこもった弁を奮った。ここはノリと勢いで一気に捲し立てるのが吉。

「うち、ここやない遠い遠い異世界で生まれた人間なんですわ。大阪っちゅうんやけど。そこで、阪神タイガース悲願の優勝の日に、カーネル・サンダースの代わりに道頓堀に落ちて溺れ死んでな……そういう人生を送った前世の記憶があるんですわ！」

「すまない。整理して話してくれないか」

情報を詰め込みすぎてしまったようだ。天明は頭を抱えたが、必死に呑み込もうと努力していた。

蓮華は今度こそは落ちついて、天明に前世の話をする。

大阪のこと。蓮華の記憶のこと。前世を思い出してからの生活のこと……蓮華の作る料理も、野球も、漫才も……なにもかもが、前世の記憶をもとに再現しているに過ぎない。

「うち、主上さんのおかげで、いろんな事業してきたけど……全部、借り物やねん。自分で考えついたわけやない。本当の実力やないんや……」

天明が、蓮華の発明する料理や事業に興味を持ち、正妃にしたいと言ってくれているなら、考えなおしてほしい。だって、それらは全部、大阪にあったものだから。

「珍しくしおらしいな」

そんな蓮華を見おろして、天明は息をついた。呆れられているのだろうか。それとも、見捨てられた？　天明の真意を読むのが怖くて、蓮華の心臓がキュッと縮こまる。

「たとえ知識があったとしても、上手く活かせるとは限らない。お前には知識だけではなく、商魂たくましい図々しさと豪胆さがあるではないか」

こんな迷いなど些事だと言いたげに、天明は蓮華の髪に指を絡ませる。

「それに……お前を好きになる人間は、そんなことなど関係ないはずだ。度を越したお節介とお人好しで周りを変えていった結果だろう。俺は、お前のそういうところが好ましい」

身分の分け隔てなく、風通しのいい世界にしたい。

蓮華のお節介とお人好しは、転生したってなおらなかった。凰朔をみんなが住みやすい国にするため、蓮華は突き進んでいる。これからだって、止まるつもりはない。

天明にとって、蓮華の前世など関係なかった。

「おおきに……主上さん」

いままでの蓮華のがんばりを認めてもらえたみたいで、嬉しくなった。

一方、今度は天明が蓮華から視線をそらす。

「本当は言わぬつもりだったが……」

そう前置きして、天明はしばらく無言になる。蓮華はなにもわからないまま、小首を傾げた。

「延州で……お前が異界から来た〝導き手〟だと知った」

「!?」

　今度は天明が蓮華に話す番だ。

　彼は延州に行っている間、なにをしていたのか語りはじめた。おおむね野球の話であったが……だんだんと、浪速族の崇める神について触れた。

　浪速族が神泉を通じて大阪文化を知っていること。野球は神事で、蛸を賭けて争ったこと。そして、蓮華のような人間を浪速族は、〝導き手〟として崇めていること。

「だから、主上さん野球やったんですね？」

「ああ。三十三戦を、四月にわたって……」

「なんでや。もう、数字はええねん！」

　三三‐四は、悪魔の数字。決して阪神ファンの前で唱えてはならない。

　と、そんなことはどうでもよくて。浪速族についての話は驚きの連続で、ツッコミ甲斐のあるものだった。一九八五年に投げ入れられ、二〇〇九年に発見されたカーネル・サンダース人形が、まさかいったん、こちらの世界に来ていたとは……長い間、見つからんかったはずや。

「あれ？」

　そこまで考えて、蓮華は首を傾げた。

　天明の表情が暗く、神妙なものになる。

「カーネル・サンダースが浪速族の泉から、道頓堀に帰っていったってことは……」

「もしかすると、神泉を使えば、お前は異界へ戻れるかもしれない」

蓮華よりも先に、天明が答えを述べた。

泉は一方通行ではない。あちらの世界から来た者なら、帰れるかもしれないのだ。

カーネル・サンダース人形は、その可能性を示唆していた。

「ちなみに、傑も導き手だそうだな」

「あ……はい、実は。うちと同じ世界の、ちょっとちがう地方から来たんです」

「最初は神として丁重にもてなされていたのだが……傑が巨人という神を崇めていると知られた途端、浪速族の態度が急変してな。簀巻きにされて神泉に突き落として、帰らされそうになっていて大変だったぞ」

「はい!? 浪速族、こっわ。アンチ巨人過激すぎやろ!」

それで傑は、浪速族の土地を出禁になっているのか。仙仙と一緒に延州へ行くのに、おかしいと思っていた。

「傑は異界へは帰りたくないと言っていた」

仙仙と一緒に、傑も延州へとついていく予定だ。傑は仙仙を、常々気に入っていると話しており、主従だけでは言い表せない絆を結んでいた。いまさら、仙仙のそばを離れられないのだろう。

「お前は、帰りたいか?」

大阪に帰れる。

天明の問いは、蓮華の胸にスッと入り込んだ。

日本の大阪には、自由がある。誰にだって基本的人権が認められていて、努力すれば好きな仕事に就ける。苦労しなくたって、蛸入りのたこ焼きが食べ放題。野球中継を見ながら野次を飛ばし、勝利のビールを一気飲みする。

大阪が恋しくて。凰朔を大阪のようにしたくて。蓮華は邁進し続けていた。

でも、大阪に帰れば、その必要はなくなるのだ。

オカンの顔が浮かぶ。お別れも言えないまま、蓮華は道頓堀で溺れ死にしてしまった。オカンにとって、たった一人の娘やったのに……親不孝者や。

「帰れるんやったら……」

なぜか、声が震えてしまう。

見守る天明の顔が曇るが、蓮華の答えを待ってくれる。

「大阪に帰れたら、どんなにええやろな」

ときどき、大阪で暮らす自分の夢を見る。あのまま大阪にいたら、変わらない日常を送り続けただろう。

でも、

「せやけどな、主上さん……うち、大阪へ帰りたいって思ったことはないんや」

大阪がなつかしい。いくら凰朔で再現したって、本物には全然敵わなくて、いつもどっかコレジャナイと感じている。

「うちは、もう凰朔の人間や。やりたいこと、やり残したことがぎょうさんある。放り出して帰ったなんて言うたら、オカンからドヤされてまう……この国だって、大阪に負けん場所に変えてみせたいんです」

それが蓮華の目標であり、今のやりたいことだ。

「だから、うちは帰らへん」

満面の笑みで、蓮華は天明への答えを出す。すると、緊張していた天明の表情が綻んだ。

「では、正妃になるのだな？」

天明は言いながら、蓮華の頬に掌を添えた。手の皮が厚くてゴツゴツしているのは、彼が武芸に励む証拠だ。

蓮華はいよいよ逃げられなくなり、低く唸った。顔が熱くて火が出そうだ。もう茹で蛸である。

「な、な……」

「お前の目標を叶えるには、正妃になるのが一番だろうよ」

「そう……ですね……」

権力がなければ、蓮華の希望は叶わない。そんなことは、いままでの暮らしで蓮華の骨身にしみていた。

だが、それはそれ。これはこれ。正妃の件とは別物として考えていたので、蓮華の頭は爆発しそうだった。

「主上さん、いつもより近ないですか?」

言うが早く、天明は蓮華の背に両手を回した。

「お前には直球で迫らなければ、逃げられてしまうからな」

背骨が弓なりになるくらいキツく抱きしめられて、蓮華は動けなくなってしまう。

心臓の音がバク、バク、と耳元まであがってきている。うるさすぎて、思考の邪魔をしてきた。

「もう離さない」

背中だけでなく、頭や腰をなでられる。

天明は蓮華の肩に顔を埋めた。

「正妃になってくれ」

耳元で懇願されて、蓮華は身体に力を入れられなくなる。

それでも倒れまいと、蓮華は必死に天明の背中にしがみついた。

もう、なにも考えられない。

ずっと用意していた答えを言うだけなのに。

天明と離れている間、考えをまとめていた。蓮華には、すでに答えが見えているし、天明は受け入れてくれる。

「……は、はい」

自分でも驚くくらい声が小さかった。普段の十分の一も声が出ていない。野球の試合だったら、気合いを入れなおさなければならないだろう。

震えている蓮華を、天明が見つめる。近すぎて、鼻の頭同士がちょんと当たっていた。

「うちを……主上さんの……お嫁さんにしてください」

もう後宮の妃なので、お嫁さんにはちがいない。

でも、蓮華にはこっちのほうがしっくりくる。

「ああ」

天明は嬉しそうに唇を綻ばせながら、両手で蓮華の顔を包む。蓮華は逃げもせず、息を止めた。

互いに近づいていく。

天明の吐息が熱くて、頭がどうかしてしまいそうだった。

怖くなって蓮華は目を閉じる。

「お前以外の嫁は要らん」

唇が重なって、一つに溶けそうだった。

凱旋(がいせん)　大阪マダム、永遠に！

秋の空は高く、どこまでもどこまでも澄み渡っている。

一年前のこの日、凰朔国の梅安では前代未聞の政変が起きた。だが、そんな重大な事件があったことなど忘れてしまったかのように、都には笑顔があふれている。

今年の天翔祭も、無事に執り行われていた。

目抜き通りには、様々な屋台が並んでいる。昨今の流行りを取り入れて、「たこ焼き」や「お好み焼き」を出店する者が増えていた。

その中でも、豪商である鴻家が運営する屋台は、新商品「凰朔真駄武の蓬萊(ほうらい)豚まん」の看板を掲げている。赤と白を基調とした意匠は、一際目を引くものであった。

「凰朔真駄武の豚まんがあるとき～！　ないときぃー……豚まん食べて、清く正しい凰朔真駄武になりましょう～！　はーい、いらっしゃいませー！　おおきに！」

売り子の文句に釣られるように、お客が列を作っている。

「ところで、凰朔真駄武ってなに？」

「嫌だね。鴻蓮華様のことだよ！　清く正しい凰朔真駄武。あれほどの女性は、ほかにいらっしゃらないよ！　知らんけど」

「包子かと思ったら、味が全然ちがう。茶請けに最高だな！」

客の反応は上々。蓮華は物陰で見守りながら、思わず笑みがこぼれてしまった。

「もう！　蓮華様！　こんなところにいらっしゃった！」

ニヤニヤと忍び笑いをしている蓮華の襟首を、何者かがつかんで押さえ込む。

「イタタタ！　か、堪忍してや……！」

「いいえ。なりません！　あれほど、屋台は私におまかせくださいと言ったではありませんか！」

蓮華が薄(うっす)ら涙目になりながらふり返ると、陽珊がキッと目をつりあげていた。近ごろ、蓮華の扱いに慣れすぎて、対応が雑になっている。

「せやけど……豚まんのデビュー戦、気になってしもたんや……」

「出夫専(でぶせん)？」

あの豚まんの開発には試行錯誤して、長い期間を要した。おまけに、お披露目時期も遅れに遅れてしまったので、気がかりでならない。その気持ちは、陽珊だって、よーくわかっているはずだ。

「私は心を鬼にしているのですよ、蓮華様！」

「はい……」

陽珊がこれだけ強く言うのにも、理由がある。

蓮華は式典用の華やかな襦裙をまとった身体を小さく丸めた。こんな格好で出てきては、そりゃあ、陽珊も怒る。せやけど、ちゃちゃっと行って帰ってくるつもりやったんや。

「わかったら、早くお帰りください。神輿に遅れると主上が心配されますよ」

天翔祭のギャル神輿。今年も後宮総出で行うことが決定していた。

そこで蓮華は正妃——鴻正妃として、皇帝の隣に並ぶ。衣装も晴れ舞台に相応しく、金糸で豪華な蓮が描かれたものであった。

本当は虎柄をどこかに入れたかったが、正式な場では自重するよう釘を刺されてしまった。めっちゃかっこいいのに。

「すぐに輿を呼びますので、それに乗って皇城へお帰りくだ——ちょっと、蓮華様!」

事務的に処理しようとする陽珊を横目に、蓮華はスタコラサッサと駆け出した。

「パーッと行って、キュッと曲がったら、すぐ着くやん。走ったほうが早い!」

蓮華は笑いながら陽珊に手をふった。この格好は目立つけれど、輿を待っていると時間がかかる。陽珊の言うとおり、ギャル神輿に遅れるほうが厄介だ。

蓮華はヒョーイと人を避けながら駆ける。

「蓮華様!?」

「あれは……鴻正妃!?」

道行く人々が目を剝きながら二度見してくるので、蓮華は「おおきにー！　どうもー！」と、ホームランを打ったバッターのように両手をふった。

短い期間であったが、政変の爪痕は残っている。

遼家に従っていた貴族たちも、全員を捕らえたわけではない。天明に服従を誓うふりをして、虎視眈々と私腹を肥やす者もいるという話だ。勝手に関税をかけていた輩も、額を下げたものの取り消すことはなかった。おそらく、天明が正式に禁止法案を通すまで粘るつもりだろう。

物価はすぐに下がらないし、騒動で職をなくした者もいる。もとの状態に戻すのが、当面の課題だ。

しかし……街をながめる蓮華の顔には、笑みが咲いていた。

道行く人々の表情が明るい。

みんな、天明の政に期待しているのだ。

現状はつらいかもしれない。でも、未来には希望が持てる。

そんな空気が漂っていた。

「おっ……と」

皇城への城門を抜ける頃合い、蓮華は自分の披帛がないと気がついた。孔雀色の鮮やかな披帛だ。豚まんの屋台で隠れているときに、邪魔だったので丸めて置いていたことを、いまさら思い出す。さすがに、陽珊が気づいて拾ってくれるはずだが。

「どないしょ……」

取りに帰ると、神輿に間にあわない。

蓮華は天秤にかけて、このまま現地へ向かうことにした。ま、なんとでもなるやろ。掛け物くらいなくても、どうせ神輿のうえや。

「ああ！　鴻正妃！　こんなところにいらしたのですね！」

血相を変えて飛んできたのは、舜巴だ。いつもは柳嗣のそばにいるが、蓮華がいないと気づいて捜していたようだ。

「すんません、すんません。ちょっと、そこまで」

「親子揃って奔放です……」

舜巴は肩を落としながら抗議した。蓮華は悪いと思いながら、頭を掻いて誤魔化し笑いする。

「あ！」

だが、舜巴がいくつかの布地を抱えていることに気づく。

「ああ、これですか？　柳嗣様が気に入りそうな生地を仕入れたので、お見せしようと……って、鴻正妃!?」

舜巴の話も聞かず、蓮華は布を一枚拝借する。おそらく、衣装のサンプル品だろうが、披帛の代わりにするには幅も長さもちょうどよかった。

選んだのは雄々しい虎柄。やっぱ、これがないと締まらへん！　勝負服や！

虎柄を披帛の代わりに纏(まと)い、蓮華は手をふる。

「あとで返すわー！　おおきにー！」

「鴻正妃ぃ！　困りますー！」

舜巴の魂の叫びがうしろから聞こえるが、蓮華は先を急いだ。

皇城の広場からはじまる神輿のパレード。今回は、昨年よりもさらに規模を大きくしたのだ。

蓮華が正妃となり、天明はほかの妃など要らないと言ったが、女たちは後宮に集まり、新しい事業をはじめるために働いている。

もはや、後宮とは名ばかり。後宮だった場所は、皇帝の世継ぎをつくる目的――ではなく、凰朔の女が自分らしく輝く場となっていた。

女が自由に生き、商売をし、男に肩を並べる。そんな場所だ。

蓮華が作りたかった自由な世界。いまは、後宮という狭い空間だけで実現しているが、いずれは、凰朔中に……いや、この世界中に広げたい。

「遅れてすんませーん！　主上さーん！」

神輿には天明の影が見える。

きっと、蓮華が神輿にのったら、呆れながら「いったい、どこでなにをしていたのだ……」とため息をつくはずだ。

蓮華は神輿に飛びのりながら、ニパッと表情を明るくする。

「いったい、どこでなにをしていたのだ……」

と、ため息をつきながら天明は蓮華を見た。ここまで、蓮華の脳内シミュレーションとまったく同じだ。

「ちょっと屋台の様子を見に」

「だろうと思っていたさ」

こちらの行動も、予想どおりだったらしい。お互いに、馴れた関係になってきた。

蓮華は天明の隣に腰かける。昨年とちがい、今年は最初から二人乗りを想定していたため、席が広い。

「寄れ」

しかし、天明は蓮華の肩に手を回した。

ピトリと寄りかかる姿勢にさせられて、蓮華はむず痒い恥ずかしさを覚える。

「しゅ、主上さん……人が見てますから……」

「見せつけるのだ」

以前に比べると、天明はすっかり大胆になった。それもこれも、蓮華が恋愛に疎すぎて、直球で話さなければ勘違いしてしまうことに起因するので、自業自得だ。

「口づけでもしてもらわねば、寂しくてかなわない」

「あ、あとでしますから、許してや……」

蓮華はさり気なく距離を置こうとするが、天明は力を緩めなかった。そして、「ここで許してやる」と言わんばかりに、頰を差し出す。

ええー……こんなとこで？　ほんまに？

蓮華が戸惑っている間に、皇城の門が開く。ギャル神輿のパレードが、前方から順に梅安の街へと出発していた。先頭の踊り手は、今年も夏雪の役目だ。

神輿が門を出る前に済ませないと。蓮華は迷いながら、目をギュッと閉じて天明の頰に唇をつけた。

しかし、勢いがよすぎたのか、チュッどころか、ガツンッと天明の顔に鼻から突っ込むことに。これは頭突きだ。

「あたたた……えらいすんません」

「下手にも限度がある……」

蓮華が苦笑いすると、天明は不機嫌そうに唇を尖らせた。もう神輿が門を潜ってしまうので、そろそろ機嫌をなおさなければならない。

「こうするのだ」

天明は言うが早く、蓮華の顎をクイッと指で押しあげる。

「――――ッ」

唇が重なって、蓮華の動きが止まる。口づけをしていると、周りの景色がよく見えない。が、明らかに「きゃー!」とか「ほお!」とか、なんか感嘆の声が聞こえる。神輿が門を潜り、市民の前に二人の姿が晒された証拠だった。

「ひ……」

これ、あかんて。

蓮華は天明から身体を離そうとしたけれども、それに反比例するように、天明の力は強くなっていく。うなじに添えられた右手も、腰をつかむ左手も、とろけるような熱をはらんでいた。

すぐやめるのかと思えば、どれだけの時間が経っただろう。気がつけば、蓮華は肩で息をするほど疲れ切っていた。とろけるチーズみたいだ。

「は、はずかし……」

蓮華は天明に背を向けて座ろうとした。

が、天明は不敵に笑う。

「その顔を衆目に晒すほうが、恥ずかしくはないか？」

「…………！」

うち、どんな顔しとるん⁉

蓮華はとっさに両手で頰を押さえるけれど、熱いということしかわからない。そんな蓮華を隠すように、天明は自分の胸へと引き寄せた。

仲睦まじい皇帝と正妃。

人々は凰朔の未来は明るく楽しいものだと、期待した——。

❀　❀　❀

後世の歴史家が天明帝の治世を論じる際、鴻正妃の存在を避けては語れない。彼女は天明帝の最愛であり、凰朔の国母として、今日まで名を刻んでいる。その功績は、数々の画期的な発明や、食文化の改革だけに留まらない。凰朔の女性が早くから社会進出し、人権を獲得したのは、ひとえに彼女のおかげであると言えよう。

おしまい！

―――本書のプロフィール―――

本書は書き下ろしです。

小学館文庫

大阪マダム、後宮妃になる！
最終回の逆転満塁本塁打

著者　田井ノエル

二〇二四年一月十一日　初版第一刷発行

発行人　庄野　樹
発行所　株式会社　小学館
〒一〇一-八〇〇一
東京都千代田区一ツ橋二-三-一
電話　編集〇三-三二三〇-五六一六
販売〇三-五二八一-三五五五
印刷所――TOPPAN株式会社

この文庫の詳しい内容はインターネットで24時間ご覧になれます。
小学館公式ホームページ　https://www.shogakukan.co.jp

ISBN978-4-09-407327-0